講談社文庫

行きどまり

北方謙三

講談社

目次

行《ゆ》きどまり

第一章

1

湿った夜だった。

いつまでも、雨は降りそうで降らない。額に滲《にじ》んだ汗が、ひと条《すじ》、顎《あご》の先まで流れ落ちてきた。その音が、聞えそうな気がした。

安彦は、手の甲で額の汗を拭《ぬぐ》った。

遠くで車の音が聞える。それ以外にも、街にはさまざまな音がある。しかし静かだった。湿った空気が、もの音のすべてを地上に押しつけてしまっている、という感じだ。

煙草《たばこ》に火をつけた。煙が、額に絡みついてくる。舌打ちをして、すぐに煙草を捨てた。二時間で、もうひと箱は空にしている。

夜が明けるまでに、あと何時間あるのか。それまでに、あいつは帰ってくるのか。

苛立《いらだ》ちはない。今夜が駄目なら、明日の夜もある。何日でも、その気になればあいつを待つことはできる。

畠《はたけ》の中だった。一棟だけ小さなアパートがあるが、いま住んでいるのはあいつだけらしい。アパートは古く、かつて人が住んでいたという気配は濃く残っているが、明りが消えているところなど、廃屋に近いという感じもある。

ほかの住人はみんな引越したのに、あいつだけは大家と揉《も》めているという話だった。つまり、居座っている。自分の眼の前に積まれる札の数が、一枚でも増えるのを待っている。

このアパートが取り壊されたら、でかいマンションでも建つのだろう。まわりの畠は作物があるところは少なく、針金で囲われて雑草が繁《しげ》っているところが多かった。かつてあった家が、取り壊されたあともある。

虫が鳴いていたし、蚊も集まってきた。刺されるままにしておいた。痒《かゆ》みに耐えている間、なにも考えずにいられる。

街のはずれという場所だった。その街も、この時間は寝静まっている。

バイクの音が、近づいてきた。

街道からはずれている。あいつしかいないはずだった。安彦は、額の汗を掌《てのひら》で拭った。

ライト。角を曲がる前から、放つ光が見えた。曲がってくる。こちらをむいた。安彦は、ライトの光の輪からいくらかはずれていた。光の中に浮かびあがったのは、安彦が乗ってきたサニークーペの白いボディだ。

安彦の脇を通り過ぎた時、あいつはようやく気づいたようだった。

エンジンが止まると、また静かになった。ヘルメットを持ちあげて顔を出し、あいつはちょっと髪に掌を当てた。

「新井か。しつこいな、おまえ」

「店じゃ駄目だって言われたんで、ここで待ってたんですよ」

安彦の方から、バイクに近づいていった。

「ここだって、駄目さ」

「ここなら、お客さんに迷惑もかからないじゃないですか」

「そんな問題じゃなく、話すことはなんにもないという意味だ。第一、おまえは無関係だろう。それとも、山口になにか頼まれたのか、おまえ？」

「そんなやつじゃありませんよ、山口は。久野さん、よく知ってるでしょう」

「そうだよな。博奕《ばくち》の負けは、きれいにする男だよな」

「山口が言ってるってことは、それなりに理由があるわけで。だから俺は、久野さんとよく話し合いたいんですよ」

「それじゃなにか、おまえは、俺がいかさままでもやったって言いたいのか？」

「現場にいたわけじゃないんで、そんなことは知りません。ただ、バイクを取っちまうってのは、ちょっとやり過ぎだという気がするんですよ。買ったばかりで、まだローンが二十二回も残ってるんだし」

「知らないな、そんなことは。ローンがあるんなら、払うしかないだろう。俺も現金で貰《もら》いたかったが、山口にはバイクしかなかった」

「三十万でしょう。待ってやったってよかったじゃないですか。そのバイク、六十万以上したんですよ。しかも、新車だし」

山口が少しずつ金を貯めて頭金を作り、二十四回のローンを組んでバイクを手に入れたのは、二ヵ月前だった。安彦は、バイクのことはなにも知らない。機種とか性能とかいろいろ説明されたが、わからなかった。

それまで山口は古いバイクに乗っていて、新車に換える時に廃車にした。買手がつくようなバイクではなかったのだ。

六十数万のバイクに、山口は十五万ほどかけて改造をほどこしていた。なにも新車にそんなことをしなくても、と安彦は思ったが、好きな人間にとってはそんなものではないらしい。

「山口、納得しませんよ」

「バイクを取られたのがか。仕方ないだろう。そういうもんなんだよ」

「俺も、気分としちゃ納得できないですね」

「おまえにゃ、関係ないと言ってるだろう。俺と山口の間のことだ。それをこんな時間に、なんのつもりだよ」

「友だちのことなんでね。黙って見ていられないんです」

「学生だろう、おまえ。勉強でもしてろよ」

「話し合い、どうしてもできないですか？」

「どういう話し合いをしようって気なんだ、おまえ？」

「三十万払えば、バイクを返すという話し合いですよ」

「ふざけたこと言うなよ。もう終っちまってるんだ。いまさら三十万持ってきて、なんになるってんだ。帰れよ、もう」

「山口、本気ですよ」

「どう本気になろうと、負けは負けだ。負けの払いでつべこべ言うようなら、はじめから博奕なんかするな。いいか、新井。もう俺のまわりをうろうろするなよ。人の迷惑ってことも考えろ」

「ここで待ってて、誰の迷惑になるっていうんですか。まわりに家はないし」

「俺の迷惑になる」

「山口を、本気にさせたくないんですよ、俺は。ちょっと危ないところがありますからね、あいつ」

「威《おど》してんのか、おまえ。笑わせるなよ」

「注意してるんですよ、久野さん。俺は中学のころから、あいつをよく知ってます。高校まで一緒だったし、一緒に東京に出てきたようなもんだし」

「余計なお世話だ。どきな」

「どうすりゃ、バイクを返してくれますか？」

「返すって、俺のものをどうやって返すんだ？」

「わかんない人だな、久野さんも」

「わかんねえのは、おまえじゃねえか。俺は、明日も仕事なんだよ。暇な学生の相手をしてる暇はねえの」

「あと三日で、山口は宇都宮の仕事から戻ってきますよ」

「しつこい男だな、まったく」

久野の手が、安彦の肩を突き飛ばそうとした。安彦は、その手首を摑《つか》んだ。

「なんだよ」

「久野さんに、突き飛ばされる理由はありませんからね」

「ふうん、おまえも空手やってたのか、山口と一緒に」

「高校までですけどね」

「二人で、不良やってたんだ。そりゃいいな。とにかく、もう帰んな。これ以上しつこくすると、俺にも考えがある」

「どうするんです？」

「俺にだって、友達《ダチ》はいっぱいいる。荒っぽいのも少なくない」

「なにがなんでも、バイクを取り上げる気なんですね」

「俺が、勝った。俺のもんさ」

安彦の手を振りきって、久野がアパートに入っていった。

安彦は、しばらくアパートの前に立っていた。窓にひとつだけ明りがついている。部屋まで押しかけようか、と一瞬考えたが、それで埒《らち》があくとも思えなかった。

サニークーペに乗りこみ、エンジンをかけた。六万キロ以上走った車で、セルをしばらく回さなければエンジンはかからない。足まわりも、くたびれたような感じがする。小林が、八万で手に入れて二年間乗ったものだ。車検の費用の方が多くかかったと、泣いていた。

ヘッドライトに、雑草の緑が浮かびあがってくる。時々、野良猫が横切ったりもする。

敬二が戻ってくる前に、なんとかした方がいいという気持は、消えかけていた。三十万でバイクを返そうという気が久野になければ、なんともしようがないのだ。

馬鹿馬鹿しいことをした、という気分になった。いつも、こんな具合だ。高校二年の時、敬二の喧嘩《けんか》の相手に話をつけにいって、腹に蹴《け》りを食らったことがある。その時はかっとして相手を殴りつけ、翌日の敬二との喧嘩には出てこれないようにした。

敬二に、借りがあるわけではない。貸したり借りたり、小さなことはくり返した。お互いに、それを貸し借りとは考えていないはずだ。

今回は、いくらか違った。敬二の眼の色。それでわかる。博奕の負けを、払わないような男ではないのだ。バイクを形《かた》に置いて、数日後に三十万。なぜ、そんな支払い方法ができなかったのか。

すぐに、街の明りの中に入った。夜明け前でも、街には光がある。人の姿はなく、走っている車も見えなかった。

車の姿が多くなったのは、だいぶ都内に近づいてからだった。夜も明けはじめている。安彦は自動販売機でスポーツドリンクを買い、飲みながら運転した。

とにかく、やるだけのことはやった。これ以上、当事者ではない安彦に、やれることがあるとは思えなかった。

アパートの前の道路に、車を駐《と》めた。明日、大学に持っていって返せばいいことになっている。小林は五千円と言ったが、それを三千円に値切っていた。

東京に戻ってきて、敬二はどうするんだろうか。力ずくでバイクを取り返すとは思えない。それなら、はじめから渡したりはしないはずだ。負けたから、渡した。その場では、負けを認めるしかない状況だったのだろう。あとで、不自然な負けだった、と考えはじめた。その場で証明できなかったものを、あとで証明することなどができるのか。

結局、なにもできはしない。こちらが正しいというかたちで、敬二ができることはなにもない。しかし、敬二はなにかやるだろう。ああいう顔をしていた敬二が、なにもやらずに済ませたことなどないのだ。

安彦は、博奕をやらなかった。学生仲間で、時々レートの低い麻雀《マージャン》に付き合うぐらいのものだ。負けて払う金がない時は、誘いも断った。金の借りというのは、好きではない。

敬二がやっているのは、麻雀にしろずっとレートが高いものだったが、これまでにトラブルがあったという話は聞いていない。

裸になり、シャワーを使った。ユニットバスのシャワーで、バスタブは流し台を大きくしたような感じだった。こんなバスタブもあるのか、と最初に見た時は思ったが、いまはもう馴《な》れた。半分以下の、少ない湯で済むから、かえって便利なぐらいだ。それ以上に湯を入れると、溢《あふ》れてしまうのだ。

部屋は四畳半で、ユニットバスとキッチンのスペースを入れて、ちょうど六畳の広さだった。一見新しそうに見えるが、ほんとうは古い建物だということは、歩いてみればわかる。厚化粧というやつだ。

すぐに、蒲団《ふとん》に潜りこんで眠った。

浅い眠りで、いくつも夢を見た。うんざりして起きようとした時は、すでに午前八時に近かった。

2

立川は安彦の顔を見て、肩を竦《すく》めた。

「レイコ」

アイスコーヒーをそんなふうに註文《ちゅうもん》して、煙草をくわえる。

「駄目だな。次のは決まってた。新しいのを捜せよ」

「おまえ、ほんとに頼んだんだろうな？」

「割りのいいバイトにゃ、人も群がるの。俺がやめる時になって、次に入れてくれって、手遅れもいいとこだってさ」

「わかったよ」

安彦は、冷えはじめたコーヒーに口をつけた。

「仲間内で繋《つな》げりゃいいと思って、俺ははじめっから頼んでたんだ。だけど、そんなんじゃなくて、応募してきたやつの中から選ぶのが、快感なんだよ、あいつは」

アルバイトは、できるだけ楽で、金になるものを選びたい。夜間のコンビニのレジなどというものもやったが、深夜にしては料金が安すぎる。

「夏が終っちまったから、人手不足だと思ってたがな」

「甘い、甘い。おまえ、去年の九月にゃバイトしなかったんだろう」

していた。ただし、仲間内では内緒でだ。ひとつだけ、そういうルートを安彦は持っている。払いもいいが、躰《からだ》もきつかった。

学費とは別に、月十万の仕送りというのは、東京で暮すには安すぎた。多いやつらになると、倍以上送って貰っていたりする。

入学したばかりのころ、空手部へ入部をしつこく誘われたが、頑強に拒み続けた。アルバイトの時間がなくなるし、あんなものは高校時代だけで充分だった。だから、高校の最後の二年間は、死ぬ気でやったのだ。地方大会で、チーム優勝してしまったのが、しつこい勧誘の理由だった。半分脅かすようなことまで言われたが、無視していた。入部しなければ、キャンパスにいくらでもいる上級生と変わりない。

「小林の方、どうだって？」

「駄目だ。車、貸して、あいつはもう十万は儲《もう》けたね。それにあいつのやるアルバイトってのは、車持ってるのが条件ってのが多くなった」

「儲けたっていったって、おまえだって借りたろう」

「さっき、返した」

喫茶店でぼんやりしていても、いい情報は入りそうもなかった。

立川は、アイスコーヒーにガムとミルクを入れ、ストローでかき回している。関西の出身などではなく、アイスコーヒーをレイコと言うのは、いま付き合っている彼女の影響だった。

当てにしていた立川が駄目なら、しばらくいいアルバイトは見つかりそうもなかった。掲示板の募集広告に応募してみるか、店頭の貼紙《はりがみ》で飛びこんでみるしかない。

「俺、帰る」

コーヒー一杯分の金をテーブルに置き、安彦は言った。

「ほかのやつらにも、一応訊《き》いといてみるからな」

立川が引き止めようとしないのは、多分彼女が来るからだ。彼女はクラブでアルバイトをしていたこともあって、金に困っているのを見たことがない。それに友だちを食事に誘ったりして、自分で払うのが好きだった。立川は、いつもそばではらはらしている。アルバイトなら、女の方がずっと得だった。男のそばに座って、適当にお喋《しゃべ》りをし、酒を飲み、それで時給三千円などという金を貰ったりするのだ。

安彦は、歩いて渋谷へ出た。月に五万のアルバイトは、欠かせない。心当たりが、ひとつあった。廃車専門の回収業。役に立ちそうな部品を取りはずした車を、スクラップ工場へ運ぶ仕事だ。

それも、すでに埋まっていた。きのう来ていれば、と会社の担当者に言われた。五時まで渋谷をうろつき、宮下公園で求人誌を舐《な》めるように見たが、よさそうな仕事はなかった。なんとなく、カンで見当がつくのだ。体力を使わなくても済むと思った仕事が、とんでもない体力仕事だったりする。一年半もアルバイトをやっていれば、それぐらいは嗅《か》ぎ分けられる。

由美子の部屋に電話を入れた。

「暇か？」

「別に忙しくはないけど」

「めし、食おうぜ」

「あたしが食べたいものならね。今日は、なんとなく安彦の好みに付き合いたくない気分よ」

「ラーメン・ライス」

「やめた」

ラーメンとライス。まず麺《めん》を食ってしまい、残った汁にライスをぶちこめば、そこそこ食える。そんなものを、はじめ由美子は面白がった。面白がって食うような、お嬢様なのだ。住んでいるのも、代官山のオートロックのマンションだった。

「うちへ来る？」

「また、ペペロンチーノか？」

「ステーキだっていいよ。材料はあるし、ワインもある」

九州の金持ちの娘で、高校時代に二十一も歳上《としうえ》の男と駈落《かけお》ちしたという前歴があり、四ヵ月で別れて戻ってきて一応大学に入ったので、親は腫物《はれもの》に触るようにしているというわけだった。仕送りがいくらあるのか、訊いたこともない。

「ステーキか。いいよな、金持ちは」

「また、嫌味言いはじめるんだ。一度言いはじめると、安彦はしつこいよ」

「うるせえな。じゃ、いい。ほかのやつ捜して、めしを食う」

「イタめしぐらいで、妥協してもいいよ」

「金がねえんだよ。九月になってから、バイトしてねえの」

「あたしが、貸しておくわ」

「ふざけてんのか、おまえ?」

女に奢《おご》られるのは、嫌いだった。それぐらいなら、めしなど食わない方がいい。付き合いはじめた時に、安彦ははっきりと言った。最悪でも割カンなら、我慢はできる。

「奢ると言ってないじゃない。貸しておくと言ってるんだから。アルバイトのお金が入ってきた時、返してくれればいい」

「そんなの、いつの間にか忘れちまうんだよ。何年後かに思い出して、突然後悔したりするんだ」

「勝手にしなさいと言ったら、また怒るよね。一週間も二週間も、電話してこないし、あたしが電話しても、ろくに喋ろうともしない。別に、怒るのはいいと思うよ、あたし。怒ったら、言うだけ言って忘れちまえばいいんだよね。それができないところが、安彦はまだ子供なのよ」

頭に血が昇ってきた。

「もう、半分怒りかけてるでしょう。わかった。ラーメン・ライスを付き合うから、そのあとうちでお酒飲んでよ」

「飲みたいことでもあったのかよ、なにか？」

由美子が、酒と言いだすことなどなかった。大抵は、安彦が飲みたい時に付き合う恰好《かっこう》だ。飲めば、強い。多分、安彦より強いだろう。

「どうしたんだよ？」

「失恋したの」

ほかの男と付き合うな、などと言ったことはない。そういうことで嫉妬《しっと》したりするのは、男の恥だ。ほかの男と較《くら》べて、自分が選ばれなかったら、黙ってそれを認めるしかないのだ。心の中に嫉妬がないわけではないが、女に見せるものではない、と安彦は思っている。

「坂田先生の話、したことあったよね」

由美子が行っている大学の、中世史の助教授だった。独身で、四十を過ぎたおっさんのはずだ。四十を過ぎた男が、みんなおっさんになるとはかぎらない。五十を過ぎても、おっさんではない男もいる。

「恋人がいたんだ。それもあたしの友だち」

冗談だったはずだ。いや、いまも冗談だろう。好きだという態度を見せて教師をからかうぐらい、由美子なら平気でやるに違いない。友だちが恋人だったという事実の方に、ショックを受けているのだ。

安彦はポケットを探った。こうなると、小林に払った車代が痛い。

「わかった。イタめしを付き合ってやる」

「ほんとに？」

「ただし、『カプリ』だ。それでいいか？」

スパゲティ専門の店で、そこの勘定ならなんとかなる。

「いい男だよね、安彦は。それでお酒は？」

「乗りかかった船だ」

「やったね。いますぐ、用意するから」

電話を切ると、安彦は時計を見て、『ハルマッタン』に電話を入れた。尾崎は出てきていた。大抵、五時半前後に出てくるのだ。

「ボトル一本、マスターに預けてありましたよね」

「憶《おぼ》えてたのか。忘れたと思ってたぜ」

「いつか、金がなくて酒が飲みたい時に、出そうと思ってたんです」

「いまが、そのいつかか」

尾崎に急な用事ができて出かけなければならなくなった時、安彦がカウンターに入った。客は六人いて、十五分で戻ると言った尾崎は、二時間戻ってこなかった。礼にボトルを一本くれると言ったが、金がない時に飲むために預けておく、と安彦は言ったのだった。

「一本、出しておく」

「そいつは、どうも。俺のボトル、もう一センチぐらいしか残っていなかったから」

「銘柄は、こっちで選んでいいな」

「そりゃ、もう」

安彦が入れているのは、『ハルマッタン』で一番安いボトルだった。それより安いものが、酒屋には多分もう一種類ぐらいあるはずだった。それであったとしても、仕方がなかった。忘れかけていたことで、あれは時効だと尾崎に言われれば、返す言葉もないのだ。とにかく、今夜飲む酒は確保できた。

なんとなく、ほっとした。煙草を一本喫《す》い、渋谷の街を宮益坂の方へむかって歩いた。まだ明るく、人の姿や車が多くなりはじめているが、夕方という感じはしなかった。それでも、いまの季節、陽《ひ》が落ちはじめると早い。

昨夜はやたらに蒸暑かったが、結局雨は降らず、雲もいつの間にか晴れていた。

宮益坂を登っている途中で、クラクションが聞えた。由美子の、アルファロメオ・スパイダーだった。いつものように、フルオープンで派手に乗っている。

「車じゃ、酒は飲めねえぞ」

助手席に乗りこんで、安彦は言った。車を運転してくる由美子は、好きではない。国産の中古車というなら許せるが、イタリアのスポーツカーだ。おまけに、赤ときている。それでも、安彦はこの車を嫌いではなかった。だから、由美子が乗ってきても、あまり不機嫌な顔はしない。時には、安彦が運転したりもするのだ。

「六時って言うんだもん、安彦。タクシーはつかまらない時間だし、電車じゃ遠回りになるし」

由美子のマンションから代官山の駅まで、歩けば、七、八分かかる。

「酒、飲まないんだな」

「飲むよ」

言って、由美子が舌を出した。安彦に運転してくれということなのだ。舌打ちをしたが、安彦はいやな気分ではなかった。恩を着せながら、アルファロメオを運転できる。小林のサニークーペなどとは、まるで違った。生き物に乗っている。そんな感じがしてくるのだ。

由美子は『カプリ』でグラスワインを二杯飲み、もう運転はできないと言いはじめた。安彦は、酒を飲んでいない。

アルファロメオの運転席に座り、シートを少し後ろへ動かした。

クラッチを切り、一回空ぶかしをし、それから発進させた。下北沢の『ハルマッタン』まで、大した距離はないが、車の多い道ばかりだ。オープンの車に並んで乗っている男と女を、まわりの車の人間が見ていく。見られるのは愉快ではなかった。車が見られているのだ、と安彦は思うことにした。そう思うと、悪い気はしなくなってくる。

「気持いいな、助手席でぼんやりしてるの。それに、もう涼しくなったし」

夏の都会でオープンの車というのは、最悪なのだ。渋滞でもしていようものなら、サウナに入っているのと同じ状態になる。といって、幌《ほろ》を被《かぶ》せてエアコンを全開にすれば、なんとなく違う車に乗ったような気がする。この車は、やはりオープンだ。

だいぶ前に陽は落ちていて、まわりにあまり店のない『ハルマッタン』は、そこだけぼんやりとした看板の光を闇に滲ませていた。安彦が行く店だから、高くはない。カウンターの中に尾崎がひとりいるだけで、十二人入れば満員になる店だった。

扉を開けて入っても、カウンターの尾崎はちょっと安彦と由美子に眼をくれただけだった。客は三人で、安彦はカウンターの端のスツールを選んだ。

見たことのないボトルを、尾崎は安彦の前に置いた。

「これ、ボウモアじゃない。すごい、安彦のネームタグがぶらさがってる。知らない間に、お酒の通《つう》になったのね。安物を、オン・ザ・ロックでしか飲まないと思ってた」

最初に安彦が考えたのは、そんなに高い酒を貰ってしまったのか、ということだった。尾崎を見たが、表情は動かない。

「アイラ・モルトよね。アイラ島のお酒は、ピートの香りがいいのよね。小さな島だから、水にちょっとした潮の香りもある」

安彦は黙っていた。アイラ島と言われても、どこにあるかもわからない。日本でないことは確かだろう。

「なかなかのものよ、安彦。アイラ・モルトを選ぶなんてね。父が好きだわ。あたしはどっちかというと、スペイサイドのノッカンドーなんかが好きだったけど、ブナハーベンを飲んでから、アイラも見直した。それで、ボウモアも好きになったの」

「詳しいね、嬢ちゃん」

尾崎が、そばに来て言った。

「あたし、ストレートで。チェイサーは、ソーダにしようかな」

「いつも通り、オン・ザ・ロックにしな、嬢ちゃん」

この店には、由美子を連れて何度か来ているが、尾崎は嬢ちゃんとしか呼ばないのだった。女の客には、嬢ちゃんとかお姉さんとか、そんな呼び方しかしない。

「いやだ、勿体《もったい》ないもの。せっかくのモルトなのに」

「若いやつらは、オン・ザ・ロックか水割りでも飲んでりゃいい」

「マスター、それは違うよ。いいお酒にはそれなりの飲み方がある、とあたしは思うな」

尾崎が、口もとだけにちょっと笑みを浮かべ、ロックグラスを二つ置いた。

「いつもの飲み方でなきゃ、新井の調子が狂っちまう」

「安彦だって、ストレートがいいよね」

飲んだこともない酒に、ストレートもロックもなかった。どういう酒なのか、不安になってくるだにだっ
「嬢ちゃんが、モルトに詳しいのはわかった。だからロックで飲みな。新井は、この酒についちゃなにも知らないんだから」

「安彦のボトルでしょう?」

「そうだよ。惚《ほ》れた女に飲ませる酒を、なにか選んでくれと頼まれた。だから俺はボウモアを選んだ。嬢ちゃんがわかってくれてよかった。だけど、新井は飲んだこともない酒だ。だからいつもウイスキーを飲むように飲めばいい。嬢ちゃんは、黙ってそれに付き合えばいいのさ」

「このボトル、あたしにって?」

由美子が安彦の方に眼をむけている。どうしていいかわからず、安彦はカウンターの小さなしみを見ていた。

「夕方、電話を貰った。だから、こいつがボトルを見るのは、いまがはじめてさ」

「そう」

安彦は、煙草に火をつけた。

「ロックで飲もうよ、安彦」

由美子が言う。曖昧《あいまい》に、安彦は頷《うなず》いた。由美子が、ボトルの封を切った。安彦のグラスに少し注《つ》ぎ、自分のグラスには半分ほど注いだ。

「ラベルに、あたしの名前書いて、安彦」

「憶えとくよ、嬢ちゃんが来た時でなきゃ、この酒は出さん」

言って、尾崎がほかの客の方へ行った。

ちょっと口に入れてみたが、いつものウイスキーとどこが違うのか安彦にはわからなかった。格別うまいとも思わない。

「安彦は、それだけにしてて。あたしも一杯だけにする。飲んだら、横浜までドライブしようよ。それから、あたしの部屋に送って」

横浜までアルファロメオを運転できる。安彦が考えたのは、それだけだった。由美子の部屋は、あまり好きではない。大きな部屋がひとつと、テーブルが置かれている広いキッチンがある。バスも広く、トイレとは別々なのだった。時々泊まることもあるが、必ず由美子より先に眼が醒《さ》める。

「外に派手な車が駐めてあるぜ、マスター。アルファロメオだな。まさか、マスターが買ったってことはねえだろうな」

客がひとり入ってきて、言った。尾崎が、ふうんという表情をする。ここに、由美子の車で来たのははじめてだ。

ウイスキーを、またちょっと飲んだ。最初のひと口より、いくらかうまいような気がした。

3

ノックで眼が醒めた。

作業着のままの敬二が立っている。

「なんだよ、朝っぱらから。まだ、暗いじゃねえか」

「おまえ、俺が宇都宮の工事に行ってた間に、久野に会ったか?」

「ああ」

敬二も、久野に会ったのだろう。なにかやったという気配は、まだなかった。

「俺の代りに、詫《わ》び入れたんだってな」

「そんなことは、してない」

「だよな」

　敬二は、泥のついた作業靴を脱ぐと、冷蔵庫を覗《のぞ》き、軽く舌打ちした。なにも入っていない。最後のビールを、昨晩飲んだばかりだ。冷蔵庫の大きさは、ちょっとしたテレビぐらいで、ビール十本ぐらいは入れられる。上の棚には、食べ物も少し入る。

「おまえが来て、土下座したなんて言いやがった。おまえが、そんな真似《まね》をするわけはねえよな。俺は、性格がよくわかってる。だから、久野が言ったことを、頭から信じやしなかった」

「バイクを取りあげちまうのはひどい、とは言った。金をしばらく待ってやれってな」

「そうだよな。おまえが言うとしたら、そんなとこだ。だけど、久野のアパートの前で、明け方まで待ってたそうじゃねえか」

「話をつけといた方がいいような気がした」

「なんで？」

「おまえを、知ってるからな。なんか、ただじゃ済まないような気がしてさ」

　敬二は、頭の後ろに手を回し、畳に横たわった。蒲団は、端に押しやられた。安彦は、そこに横になり、煙草をくわえた。

「ただじゃ済まねえってのは、どういうことだい？」

「一年生が二人、フクロにされた時のことを、思い出したよ」

「あん時を？」

「同じ顔をしてた。ああいう顔をした時、おまえ、人間が変わるからな。博奕の負けなんかで人間が変わるってのも、馬鹿なやつだと思ったけどよ」

「俺が、ただ負けたと思ってんのか。まともな勝負をして負けて、つべこべ言う男だと思ったのか？」

「違うだろうな。それもわかるから、ただじゃ済まないと思ったんじゃねえか」

「お互い、昔からお節介焼き合っていたからな」

昔といっても、まだ二十一年しか生きていない。そのうちの八年、敬二とは一緒にいたようなものだ。

「別に、おまえのお節介に、文句言う気はねえよ。だけど、今度のことは俺が話をつける。俺ひとりでやった方がいい」

「そこだよな、危ないのは」

仰《あお》むけになり、安彦は煙を吐いた。

「おまえがひとりでいいという時は、なんかある時だ。高一が二人やられた時も、おまえはみんなに騒ぐなと言ってて、ひとりで行こうとした」

「おまえも、来たじゃねえか」

「ひとりで行く、というのがわかったからな。そんなことは、おまえを見てるとわかる。短い付き合いじゃねえ」

敬二は、安彦の煙草に手をのばした。外は、ようやく薄明るくなりはじめているようだ。天井にむかって、敬二は煙を吐いた。それは大きくは流れず、しばらくひと塊になって電灯の下で生きもののように動いていた。

「俺、危なく見えるかよ?」

「見えなきゃ、久野のアパートの前で、何時間も待つなんてことするかよ」

「博奕の負けってのは、きれいにするもんだよ。二万だろうが二十万だろうが、二百万だろうが。俺はそう思うし、そうしてきた」

「やっぱり、おかしな勝負だったんだな」

「絶対に、おかしい。まともに負けたんなら、ローンが済んでねえバイク取られて、金だけ払い続けたっていいんだ。俺が賭《か》けたんだからよ」

「いかさまか?」

「簡単にわかりゃしねえ。二人で組んでやがったんだし。俺の方にゃ、証人もいねえんだ。ガキ扱いされて、うまくあしらわれたってとこかな」

「諦《あきら》めきれないってわけだ」

「いや、もう諦めた。諦められるだろうと思う」

それでも、敬二は久野のところへ出かけて行き、安彦が来たことも聞いてきた。

安彦は、ちょっと躰を横にむけて、敬二の横顔を見た。くわえたままの煙草を、指で挟んでいる。灰が落ちかかっていることは、気づいていたようだ。そっと灰皿まで持っていき、また同じようにくわえた。

「なんだよ?」

「いや、また頼もうかと思ってさ」

「今日と明日、俺は休みなんだ。突貫工事だったんだよ。あさってからなら、連れていけるけどな」

「いいよ、それで」

「五日は、働けよ。おまえの評判は悪くねえから、いまのところ誰も文句は言わねえんだ。できることなら、揉めずに連れていきてえからな」

連れていくという言い方を敬二はするが、ほんとうは雇ってくれるのだった。

敬二のいる会社は土建が専門で、屋根のない建築物はすべて扱うという感じだ。現場にいる敬二は、日雇いを使ったりもしなければならない。特に、外国人の労働者を使う時、多少は英語をわかる人間が三人にひとりは混じっていた方がいいのだ。

敬二は十数人を使って、現場の一部を受け持つ。その中に、外国人が七、八人はいることが多かった。安彦は、英語を自由に使いこなせるというわけではなかったが、必要なことはわかった。

会社でも重宝していると敬二は言うが、ほんとうかどうかはわからない。安彦を連れていった時は、よろしくお願いしますと、主任に深々と頭を下げている。

どうしてもいいアルバイトが見つからない時、安彦は敬二に頼みこむ。日給で一万三千円というのは、まったく悪くなかった。一緒に働いている外国人は、八千円貰っているが、それからも間に入った人間に何割かはねられているのだ。

仕事はさまざまだったが、躰がきついものが多かった。ほんとうに過酷な仕事だったり、危険を伴ったりする時、敬二はやめておけと言う。それ以外で、断られたことはなかった。

「明日の夜、ここへ来るからよ。一緒に行こう」

明日の夜、敬二はこの部屋に泊まるつもりのようだった。敬二の部屋もひと間きりだが、ここよりはずっとましだ。

「今日と明日、なにしてる、おまえ?」

「休みだからよ。寝てるよ」

ほんとうに寝て過すかどうか、怪しいものだと安彦は思った。いくら疲れていても、二日も寝ていられる男ではないのだ。

「おまえ、大学か?」

「まあな。十時ごろ出るが」

安彦の部屋にあって、敬二の部屋にないものが、数十冊の本だった。大学に入ってから、安彦はいくらか本を読むようになった。

「おまえ、早く女を作れよ」

「いらねえ。おまえの彼女を見てると、いやになってくる」

由美子も混《まじ》えた三人で、何度か食事をしたり飲んだりしたことがある。由美子の前で、敬二はあまり喋らなかった。

「女が、みんなあんなタイプとはかぎらないさ」

「そりゃそうだろう。決まった女がいるってのが、俺はいやなんだよ。神経使って、面倒臭そうで」

「そんなふうに見えるか、俺？」

「見えるな。その上、つまらねえ見栄《みえ》張って、なんでも奢ってやってる。金持ちじゃねえか。むこうに払わせりゃいいんだよ」

「できないんだ」

「俺も、多分できねえな。だからいやなんだよ。おまえに馬鹿みてえだと言いながら、自分でもできないってのがわかる。金を払ったら、それだけのものを返す女がいいね、いまのところ」

結婚ということについても、敬二と何度か話したことがある。どんな女と結婚したいかではなく、結婚をするべきかどうかということについてだ。敬二は、なんとなくするべきだと思う、と言った。安彦は、結婚しなくても、その時その時で好きな女がいればいい、と言った。結婚という言葉の中に、子供とか家庭というものが含まれる、と考えているのは敬二の方だった。そして、三十近くなったら、結婚をしたくなるに違いない、と決めてしまっているのだ。

由美子と結婚、と考えたことがあるのか、と敬二に訊《き》かれ、安彦はひどく驚いたことがある。長くても学生の間だけの恋人だろう、としか考えていなかったからだ。由美子と、そんな話をしたことは一度もない。

ほんの短い時間だが、敬二は眠ったようだった。低い鼾《いびき》が聞えてきた。安彦は、敬二を起こさないようにじっとしていた。突貫工事というやつが、どれぐらい大変かは、アルバイトで二度やってよく知っている。立ったまま眠るような状態に、何度もなった。かなり高いところでもそうなったから、よく怪我《けが》をしなかったものだとふり返ると思う。金は通常の三倍だが、五倍貰ってもやるまいと二回目の時に決めた。

敬二は社員だから、突貫工事を拒否するわけにはいかないのだ。

五分ぐらいで、敬二は眼を醒ました。現場の眠り方というやつだ。

安彦は、ヤカンをガスにかけ、流し台の下のもの入れから、パチンコで取っておいたカップラーメンを二つ出した。

「いざって時のパチンコか、おい」

「文句あるなら、食うな」

「いただきますよ、ありがたく」

「今度、電子ジャーってやつを買おうと思ってる。それにいっぱい飯を炊けば、三日はもつって気がするな」

「三日目には、臭くなってら」

カップに湯を注いだ。この間のイタめしが、やはり響いている。明日までは、これで食い繋がなければならなかった。

「久野のこと、もういいからな」

ラーメンに息を吹きかけ、敬二が言う。

「だけど、野郎、小汚ねえアパートに住んでやがったな」

「寝られりゃいいって考えなんだ、やつは。ほかの住人がいなくなったんで、静かでいいと思ってるだろうさ。何事にも前むきなんだ、やつは」

麺はすぐに啜《すす》ってしまい、残った汁をゆっくりと飲んだ。前に、固くなったパンに汁を吸いこませて食ったことがあるが、考えてみればそれもラーメン・ライスのようなものだった。

「意地張らねえでよ、こんなもん食ってねえで彼女に奢って貰えばいいのに」

「自分も女に奢ってなんか貰えない、とさっき言ったぞ」

「だから、彼女は持たねえのさ。おまえは持ってる」

安彦は、肩を竦めた。焼肉を、腹いっぱい食いたい。そう思った。ステーキなどいらないし、酒もいい。

ラーメンを食うと、敬二は手を振って帰っていった。まだ、六時を回ったところだった。

安彦は、民法の本を出して読みはじめた。これでも法学部で、入学したばかりのころは、司法試験でも受けようかと考えていた。いまは、そんな気はさらさらない。月十万の仕送りで、まともに勉強する時間など作れるわけがなかった。勉強するのは、やることがなにもない時だけだ。

親父《おやじ》はもう六十三で、鹿島の工場の嘱託技術者をしている。石油精製過程のどこかの管理技術で、現役のころと較べると給料は三分の二になっているらしい。退職金でも切り崩して送ってくれているのだろう。上の兄貴たちと同じにすると言っていたが、三十八と三十四だ。安彦とは、ずっと歳が離れていた。三十八の兄貴が学生のころ十万貰っていたのと、いまは金の価値がかなり違う。

老いぼれかかった親父に、文句を言う気はなかった。足りない分は、自分でなんとかするしかないと思っただけだ。

九時を回ったころ、部屋を出た。定期はあるし、大学に行くのが一番金はかからないのだ。

4

橋の工事だった。

仮橋を一本造り、古い橋を取り壊し、そこに新しい橋を造るという順序なのだ、と敬二が説明してくれた。

インドネシアとフィリピンから来た四人と、ひとつのチームを作った。敬二は、三つのチームを指揮するらしい。

仮橋の脚はもうできていて、上に板でも載せれば、そのまま橋になりそうだった。そういうのは素人の考えで、多少の地震には耐えられる、強い仮橋を造るらしい。技術者が測量していて、邪魔になるとすぐに罵声《ばせい》が飛んできた。

ヘルメットと軍手だけは、貸して貰える。それ以外は、自分の服だった。こういう仕事の時はこれと決めているジーンズで、古いスニーカーを安彦は履いた。四人の外国人は、四人とも同じような恰好だった。

「力、出せよ」

敬二が大声で言っている。ミキサー車が次々にやってきて、生コンを吐き出していく。安彦のチームは、ミキサー車が吐き出した生コンを、指示されたところまで運ぶ仕事だった。

ミキサー車は、走る距離を計算して、ミキサーの回転の速さを決める。現場に到着した時、一番いい状態になっているのだ。それを、なるだけ早く運ぶ。

運んだ生コンが、橋のどの部分になるかなど、考えることもなかった。仮橋で、最後には取り壊される。昔は、仮橋は木で造っていたが、いまは耐久力に問題があるし、自然保護の面からも使えないのだ、と五十を過ぎた技師が言っていた。弁当の時間で、臨時雇いの作員と一緒にいる技師など、その男ひとりだった。

ずいぶんとさばけた男だと思ったが、ホモだから気をつけろと、敬二に耳打ちされた。汗をかく。そのことは、嫌いではなかった。中学生の時も高校生の時も、毎日汗を流しながら空手をやっていた。大学に入ると、汗をかくのは肉体労働のアルバイトをする時ぐらいになった。

「さあ、行こう」

安彦は、英語でかけ声をかける。生コンは途中でこぼすな。運ぶ場所はどこで、量はどれぐらいだ。そんなことも、英語で言う。そういう人間がひとり入っているチームの仕事は、早い。安彦も、敬二の顔を潰《つぶ》すと思うと手は抜けなかった。

「一万四千円にしてくれるとよ、おまえの日給」

三日目に、敬二がそう囁《ささや》いた。ほかのチームと較べて、安彦のいるところは三割は仕事が進んでいる。敬二もほめられたのだろう。ほかのチームが働いていないというのではなく、無駄な動きが多すぎるために、そういう結果になるのだ。場所を間違えて運んでいく。量を間違える。指示を受けるのに、三倍から五倍の時間がかかる。特に、外国人だけのチームがひどかった。

「大学生なんて、アルバイトに応募してこねえからな」

昼食の弁当を突っつきながら、敬二が言う。敬二はつとめて喋ろうとしているようだったが、眼は暗いままだった。

いずれ、なにかやるだろう。それは、そばで見ていればわかる。

「五日じゃなく、十日働いてくれねえか、と上じゃ言ってるぜ」

十日働いてもいい、という気になっていた。一万四千円貰えるからではない。敬二のそばにいた方がいい、という気がするのだ。

「本雇いにしろなんてやつがいたが、冗談じゃねえと言っといた。法学部に行っていて、いずれは裁判官か検事になるやつだってな」

「十日、働いてもいい」

「ほんとか。無理しちゃいねえよな」

「この際、細かいアルバイトやるより、一遍で稼いじまいたい」

「わかった。そうしてくれりゃ、上に俺の顔が立つわ。本工事の方はそうでもねえんだが、仮橋の方は急いでてな。それで、俺も駈り出されてる」

昼休みはきっちり正午から一時まで。午前と午後の三十分の休憩もちゃんと取る。それができるのは、安彦のチームだけだった。だから外国人の労働者は、安彦と組みたがる。英語がうまいわけではなかった。単語を大声できちんと並べる。複雑なことになると、そうするしかない。それが、かえって効果的なのだ。

「おまえ、大学に入って英語の勉強したんだな。高校のころは、お互いにひでえ成績だったじゃねえか」

「おまえだって、やればできるぜ、多分」

「声が出ねえんだよ、英語になると」

弁当は、現場へ来る途中で買ってきている。安彦にとっては、いい食事の部類に入った。

「おまえの彼女、英語は？」

「そこそこだろう」

由美子の英語は、そんなものではない。一度喋ったのを聞いたことがあるが、速くてほとんどわからなかった。スペイン語の勉強もしているらしい。

「ところでおまえ」

「久野の話なら、もうやめてくれよな。諦めることにした。なにしろ、おかしなのと付き合ってるやつだし」

「ならいいが」

「負けてジタバタしたってわけじゃねえことだけは、証明したいって気もする」

いかさまだったことを証明するには、どうすればいいのか。たとえ証明できたとして、それだけで済むのか。

「忘れろよ」

「時間が経《た》てば、そうできると思う」

久野は、敬二がよく行くバーの経営者だった。女の子を二人雇っている。月に一度ぐらいは敬二とそこで飲み、もう一度ぐらいは『ハルマッタン』で飲む。

割カンではなく、自分の行きつけの店では払う。久野の店の方が高く、敬二がいくらか損をしているという恰好だが、大学の友人と飲む時のように気になることはなかった。

「十日働く、と言っちまっていいな」

腰をあげ、敬二が言う。安彦はただ頷いた。

一時まで休めるのは臨時雇いだけで、社員は一時十分前には集まって、次の作業の手筈《てはず》を相談したりしている。

安彦は、フィリピン人のひとりに空手の型を教えてやった。ついでにブロックをひとつ、正拳《せいけん》で叩《たた》き割った。見物していたほかの連中が、声をあげる。

自慢するために、やったわけではなかった。安彦が指図するようなことを言うのを、フィリピン人のひとりがいやがっている気配を見せはじめていた。五日目でやめるわけではなくなったので、やったことだ。腕っぷしでくるなら、相手になってやるというメッセージでもある。

仕事がはじまった。英語の単語を、安彦はいくつか並べた。四人とも、素速く動いた。ブロックひとつ。割れるか割れないか。こういう現場では、それが評価になることもある。六年間も空手をやったのが、無駄にならない時だった。

九月の中旬を過ぎても、暑い日が多かった。陽が落ちるころは涼しくなるが、昼間は照りつけていて、まだ夏が続いているような感じだった。

「めし、食っていこうぜ、安彦」

現場監督の車で日給を受け取り、降りてくると敬二が寄ってきた。日給は車の中で渡されるので、いくらなのかほかの連中に見られなくて済んだ。

「焼肉だな」

「そうだよな。そんな時期だよな。ニンニクをたっぷり食って、力がついたと思いてえ時期だ」

敬二は、いつもトラックで帰る。臨時雇いはそれぞれだった。駅まで歩く者もいれば、バスを待つ者もいる。

トラックが走り去り、敬二と安彦は駅にむかって歩いた。駅前には、焼肉屋の看板がひとつあった。うまいのかどうかは、誰も知らない。現場の近くで、夕めしを食って帰ろうなどというやつはいないのだ。

ファミリーレストランに似た感じの、小綺麗《こぎれい》な焼肉屋だった。橋は住宅街の近くにあり、都内でも高級と言われている地域だった。

生ビールを頼んだ。ニンニク玉を十個、アルミの小さなボウルに入れ、油と一緒に焼く。ほかにはカルビが四人前と野菜とユッケ。そしてキムチとめしだ。

敬二の家では、以前からよく焼肉をやっていて、安彦もしばしば呼ばれた。焼肉屋のように網で焼くのではなく、鉄板だ。それが四つぐらい並べられていて、大皿に山盛りの肉がいくつも出てきた。

「おまえんちの焼肉、よく思い出す」

「ありゃ、ニンニクにコツがあってよ」

薄く切ったニンニクを、まず大量に鉄板の上で焼く。油もたっぷりひいてある。色が変わりかけたところで、ニンニクは一旦《いったん》皿にあげる。ニンニクの味がしみ出した油で、肉を焼くのだ。皿にあげたニンニクは、茶碗三杯分ぐらいはあり、それを勝手にとって黄色くなるまで肉と一緒に焼いたりもする。

翌日の稽古《けいこ》の時、よく上級生に顔をしかめられたりしたものだった。

敬二の家は、茨城の土建会社だ。鹿島の工場地帯の建設で大きくなり、いまは株式会社だった。社長は敬二の兄貴で、親父は会長で、いずれ敬二も専務かなにかで帰るのかもしれない。作業員が十四、五人いて、その連中を集めた焼肉パーティだった。

「こんなふうに、別々にニンニク焼くことないんだよな」

ニンニク玉をひとつ口に放《ほう》りこみ、安彦は言った。もう、中まで熱は通っている。

「まあ、肉にも味がついてるしよ」

「また、おまえんちの焼肉食いたいよ」

「いまでも、時々やってるんじゃねえかな。国へ帰った時、行きゃいい。兄貴は、いやとは言わねえさ」

「おまえがいなきゃな」

敬二は、東京に出て勤めはじめてから、一度も家には帰っていなかった。東京から、それほど遠くないのに、と帰省する時よく安彦は思ったものだ。

なにか妙な感じがあるが、いつか敬二が言うだろうと安彦は思っていた。お互いに、喋りたくないことは、喋らない付き合いだ。だから訊きもしない。

「俺は、いまの会社に骨を埋めるからよ」

敬二が言った。骨を埋めるという言葉が、滑稽というより、どこか悲しげな響きを持っていて、安彦は思わず箸《はし》を止めた。

「なんで？」

「気に入ってんだ。あっちは、兄貴ひとりで充分だろうし」

「気に入ってるだけで？」

「そんなもんだろう？」

「なにが？」

「人生ってやつよ」

「わからん。まだ二十年とちょっとしか生きてないし」

敬二が大学に行こうとしなかったのも、不思議なことのひとつだった。成績は確かに悪かったが、高二のころまでは大学に行くと信じて疑っていなかった。

「うちの会社、ダムだって造る。国へ帰っちゃ、そんなもんは造れねえし」

それはそれで、生き方と言っていい。卒業したらなにをするか、決めてもいない安彦と較べると、敬二の方がずっとしっかりしている。

「派手な博奕、やめとけよ。余計なことだろうけどよ」

「懲りた。きれいな勝負をするやつばかりじゃねえ、というのもわかった」

「俺たち、まだガキだよな」

「おまえは、ちゃんとやってるよ。英語で人を使うこともできるし、頭ん中にゃ法律が入ってるだろうし。俺は、ガキさ。久野なんかにいいようにされて、馬鹿みてえにこれから二年近くもローンを払い続けなけりゃなんねえ」

「忘れろよ」

「ローンがなくなったらな」

久野の話をすると、敬二の眼には暗い光がよぎる。ちょっとはっとするような光で、やはり以前の段突きの敬二も消えてはいないのだった。喧嘩で使う、段突き。敬二がよく喧嘩をするようになったのは、高校に入ってからだ。段突きの敬二とは、えげつない打ち方をするので、安彦がつけたニックネームだった。

えげつない喧嘩を、止めたことはない。むしろ、安彦も一緒にやることが多かった。大抵は、相手が四、五人だから、えげつなさも許されると思っていた。

「おまえ、明日彼女とデートの約束なんてしてねえだろうな」

いくつ目かのニンニク玉に手をのばした安彦に、敬二が言う。由美子も、よくニンニクを使う料理は作る。食材として優れたものであることは認めているのだ。ただ匂《にお》いに馴染めず、どうやればそれを消せるかも、いろいろ工夫しているようだ。月に二度ぐらいは、由美子の部屋で食事をしていた。

「彼女、どれぐらいの金持ちなんだよ?」

「わかるかよ、そんなこと」

「訊いたことはねえのか」

「親の財布の中身なんか訊けるか。あいつの財布にゃ、いつも万札が二枚か三枚だよ」

「カードだって、あるだろう?」

「三種類ぐらい、持ってるみたいだ」

「ほんとの金持ちだな。カードで、なんでも買えちまうのさ。俺らに、想像できねえ世界にいるんだよ、彼女」

「だから？」

「それだけさ。そういう人間も、世の中にゃいるってこと」

想像できない人間など、安彦にはあまり考えられなかった。どんな金持ちであろうと、こんなふうだろう、という想像はできる。

「どこかで、飲むか？」

丼《どんぶり》のめしにキムチを載せて平らげてしまうと、敬二が言った。『ハルマッタン』に遠すぎるし、久野のやっている五反田の『ナオミ』には行けるわけがない。

「屋台があったぜ、駅前に」

「そうだな」

敬二も、それでいいと思ったようだった。腹いっぱいめしを食ったあとだ。それほど量も飲めはしないだろう。

5

由美子の部屋から戻ってきた時だった。

アパートの前に、見憶えのある車がいた。敬二の会社の車だ、とすぐに気づいた。ライトバンの中を覗くと、敬二がシートを倒して寝ていた。作業着ではなく、Tシャツの上に革ジャンパーを着ている。

日曜日だった。

窓のガラスを叩きながら、何時からここで待っていたのだろう、と安彦は思った。お互いに、相手が留守の時は部屋に入ったりはしない。

敬二が眼を開き、シートを起こした。

「彼女のところだったら、ずっと帰ってこねえかもしれない、と思ってた」

由美子は、スペインの文化を研究するサークルの集まりに行くことになっていた。安彦は何度も誘われたが、あまり気は進まず、行ったことはなかった。大学のサークルではなく、おじさんおばさんもいて、月に一回スペイン料理などを食い、場合によってはスペイン旅行もしてしまおうというグループだ。

「用事か？」

敬二は、車から降りる気配を見せなかった。

「ちょっと、付き合って貰おうと思ってよ」

「それはいいが」

いやな気分がした。敬二が、サングラスなどを取り出して、かけたからかもしれない。

「なんだってんだ、会社の車に乗ってきたりして」

「俺が、まっとうな勝負で負けたわけじゃねえ、と証明したくてよ」

「俺にか？」

「まずは、ダチのおまえにさ」

「証明しなくても、わかってる。俺が信用してないとでも思ってたのか？」

「そういうことじゃなく、証明できたんで、最初に教えようとしてんのさ」

サングラスをかけた敬二の顔が、笑った。

「なにやったんだ、おまえ？」

「なにも。久野が汚ねえ真似をしてやがったと、わかっただけのことさ」

「あいつが、自分から喋るはずはないだろう。それに、おまえはもう忘れると言ってたはずだ」

「顔を見りゃ、思い出す。久野じゃねえよ。一緒にいた、もうひとりの野郎さ。立ってねえで、乗れよ。そいつの話を、聞かせてやるからよ」

三人で、ポーカーをやっていた。久野の店でだ。敬二と久野の大勝負になった時、早々に降りてしまったもうひとりは、立会人のような恰好でずっと見ていた。

敬二の手は、エースとクイーンのフルハウスだったという。絶対に勝てる、と敬二は読んだのだろう。あとがどうなっていたのか安彦は知らないが、手持ちの現金は賭けられるという決まりだったらしい。久野は三十万持っていた。敬二は十八万だった。三十万賭けた久野に、敬二はバイクを賭けたようだ。それで勝負が成立したのだから、お互いが納得すれば、なにを賭けてもいいということになっていたのだろう。

結果は、久野の勝ちだった。エースも入ったストレート。エースの入ったストレートが、フラッシュやフルハウスに勝つ、というローカルルールでやったらしい。その方が、ギャンブルのスリルは大きくなる。そのルールにぴったり当て嵌《はま》ることが、起きてしまったのだ。残り三枚のエースは、敬二の手の中にある。久野がエースを二枚持っていたとなればおかしいが、一枚なら不思議はない。

敬二になにか納得できないものが残ったとしても、なにを言っても負けた人間の言いがかりにすぎないのだ。

その場で揉め、ほかのカードも全部調べろと敬二は言ったようだが、久野は嗤《わら》っただけらしい。立会人のもうひとりも、おかしな言いがかりはつけるな、と言ったという。当然の態度だった。

安彦が理不尽だと思ったのは、敬二が三十万払いに来るまでバイクを預かるというのではなく、久野がバイクを自分のものにしてしまったことだ。バイクの値段からして、やりすぎだと思ったのだ。

敬二は、バイクを取られたことより、勝負のおかしさについて、ずっと言っていた。それなりの根拠があるのだろうが、証明のしようはない。

「いいか、久野が持ってたエースは、ダイヤだった。その前の勝負で、ダイヤのエースは俺のところへ回ってきていた。何度か使ったカードにゃ、癖ってやつができる。俺は、ダイヤのエースのちょうど真中あたりに、小さなしみがあるのを憶えてた」

助手席に乗ると、車を出し、敬二は喋りはじめた。

「伏せてカードを配る。テーブルの汚れがついちまったしみに見えた。カードを開いた時、ダイヤのエースが入ってたんで、俺はそれを確かめた。しみはなかったんだ。指で拭えば落ちるようなしみだったのかもしれねえ。だから、カードを全部確かめさせてくれりゃ、俺は負けを納得したよ」

車は、環状七号線に出て、大井埠頭《ふとう》の方向へむかっていた。

「カードをあとで調べるなんていう習慣、あるのかよ？」

「知らねえ。だけど、俺は前に一度久野に調べさせたことがあるよ。あいつがしつこく言いやがったんでな」

しみは、残っていたかもしれないし、落ちていたかもしれない。酒場のテーブルなど、汚れているに決まっているのだ。久野は調べさせるべきだった、という気もする。

「立会人は、なんと言ったんだ？」

「信用しねえんなら、はじめから博奕なんかやるな、と言ったよ。もともと、俺は三度ぐらい一緒にテーブルを囲んだだけで、よく知らねえやつだった。久野と組みやがった、とその時思ったがね」

「おまえ、宇都宮の工事から戻ってきて、もしかするとずっとそいつを捜してたのか?」

「まあな。名前は知ってたが、住所も知らねえし、仕事も知らねえ。久野も、教えようとしやがらねえ。だけど、見つけるのは難しくなかった」

訊かれてそうだと、その男も言いはしなかっただろう。敬二が言わせた。かなり荒っぽい方法でだ。はじめから、こんなことは予想していたような気もする。

「それでどうするんだ、おまえ?」

「考えてねえ。あれがいかさまの勝負だったってことを証明したかっただけでな。松山がいくら言っても、あん時のカードはもうねえんだし。久野はいかさまだって、認めやしねえだろうしな」

しばらく、安彦は助手席で考えこんでいた。いかさまなら、勝ちは当然敬二のものだ。バイクを取り戻し、さらに三十万取り立てる権利もある。

「泣き寝入りってのも、腹が立つな」

「仕方ねえよ。その場の証拠は、もうねえんだ。俺も、いまさらどうしようって気はねえ。自分が信じてたものがはずれた。それが俺の運の悪さじゃなく、相手の誤魔化《ごまか》しだったたってことがわかりゃいい」

「そういうもんか？」

「仕方ねえんだよ。その場でなにもできなかった。そこで、負けは負けなんだ」

「いかさまやっても、その場でわからなきゃ勝ちかよ」

「まあな」

「そういうことか。どうも、俺は釈然としないな」

「法学部だからって、法律がどうのなんての持ち出すな。博奕は、やっちゃならねえことになってる。賭け麻雀でもさ。もともと法律で禁止されてることをやって、つべこべ言ったって仕方ねえよ」

「そりゃそうだが、おまえら、いつも三十万なんて勝負してたのか？」

「いつも、せいぜい二、三万さ。久野の店じゃ、そんなもんだ。ほかで、二十万、三十万の勝負をしたことがあるって話は聞いたが、俺は行ったこともねえ」

「その時だけ、三十万か」

「嵌められたね。そりゃ仕方がねえ。俺も間抜けだったんだ。これからもう、『ナオミ』に行くこたあねえだろうが、負けたからじゃなく、いかさまを使いやがるからだ。そう思えるだけでいい」

　大井埠頭に、車はむかっている。

　信号待ちで、敬二は煙草に火をつけた。安彦は、フロントグラスのむこうに眼をやっていた。

自分なら、バイクを取り返そうとするだろう、と思った。騙《だま》し取られたのと同じだ。そのために、久野をぶちのめしてもいい。

昔からだが、いざとなると敬二より自分の方が危なっかしいところがある、と安彦は思っていた。敬二は、どこか思いきりがいい。ここまでと決めたら、喧嘩もそれでやめる。途中まで止めていた安彦の方が、はじまると相手をぶちのめしてもやめようとしないことが多かった。頭に血が昇る。自分でもそれがはっきりとわかるが、どうしようもなかった。段突きの敬二のお返しに、アドレナリン安、とニックネームをつけられたこともある。アドレナリンが分泌しはじめると、どうにもならないという意味だ。

東京に出てきてから、お互いにそんなことは言わないようになった。

「これで終りだぞ。いいか、俺はこれで終りにするんだからな」

「わかってる」

「おまえ、余計なことをはじめるかもしれねえから、しっこく言っとく。これで終りなんだ」

「わかってる。もともと、おまえが博奕なんかやったからだろうが」

「ポーカーだよ。ゲームさ。サイコロ振って、丁とか半とかやるやつじゃねえ」

「金を賭けりゃ、なんでも博奕だ」

「まあな」

車は、大井埠頭に入っていった。

「松山ってやつ、どこにいる？」

「うちの資材倉庫で待って貰ってる」

大人しく待っている、とは思えなかった。待たなければならない状態。そうされているとしか思えなかった。

これで終りだと敬二が言うからには、ほんとうに終りなのだろう。最後に多少手荒いことがあったとしても、まあ無事に済んだ方だ、と安彦は思った。五、六人を相手の喧嘩となると、安彦も黙って見ているわけにはいかなくなる。

「自分がいかさまで負けたと納得できりゃ、それでいいんだな、おまえ」

「何度も言ってるだろう、終りだって」

「おまえがいかさまでやられたという証人か、俺は」

「まあな。久野のところに行ったりして、鼻を突っこんできている。証人ぐらいは、仕方ねえだろう」

安彦は肩を竦めた。

シャッターが降りた倉庫の前で、車は停《と》まった。シャッターには、車と同じロゴで会社名が入っている。

敬二が、シャッターを開けた。

荷物がひとつ転がっていた。はじめはそう見えた。それが人間だとわかったのは、暗さに眼が馴れた時だ。

松山は、後手に縛りあげられていた。太い針金が、手首の肉に食いこんでいる。手は、グローブのように腫《は》れていた。

「よかったな、俺のダチが早く帰ってきてくれて。でなけりゃ、あんたの手首や足首から先は、血がいかなくて腐っちまうとこだったよ」

言いながら、敬二はペンチを使って針金を切った。裸足で、足首にも針金が食いこんでいた。

松山は上体を起こし、胡座《あぐら》をかくと、両手を自分の躰に引きつけた。まだ、指を動かすこともできないらしい。

「もう一遍、喋ってくれよ、松山さん」

松山は、三十歳ぐらいに見え、小肥《こぶと》りで髪は短かった。顔に傷があるようには見えない。

「俺に言ったことを、もう一遍言ってくれりゃいいんだよ」

「ニューカードが、ふた組あった。勝負をはじめる前に、ひと組の封は切っていた」

松山の喋り方はちょっと苦しそうで、敬二に腹でも蹴られたのかもしれない、と思った。

安彦は煙草に火をつけた。敬二は、倉庫の中でもサングラスをかけたままだ。

「同じカードだった。それで、手をいくつか作ろうと考えた」

「それで」

敬二は、革ジャンパーのポケットに手を突っこんだ。

「無闇に、手は作れない。相手のカードと重なると危《やば》いからだ」

「なるほどね」

「最後の勝負の時、久野は三枚替えた。捨てた中に、ダイヤのエースがあり、2と5の札もあった。持っていたのが、8と10だ」

ストレートを作るとして、重なる可能性があるのは、3と4だった。敬二の手がなにかわかるまで、踏み切れるいかさまではない。

「山口は一枚替えたが、それがなにかもわからない」

「それで？」

言ったのは、安彦の方だった。

「酒を作るために、俺はカウンターに入った。ちょうど、山口の背後になる。その時点で、まだ深刻な勝負ははじまってなかったから、山口は自分のカードを両手で持って、じっと眺めてた。五枚は重なっていたから、一番上の札しか見えなかった。絵札だとわかっただけだ」

「俺はエースとクイーンのツーペアーズで、エースを引き当てたんだ」

敬二が口を挟んだ。

「山口が絵札を持ってることは、決めておいた合図で久野に伝えた。その時点で、久野はエースから5までのストレートを作ることを決めた。3と4の同じ札を山口が捨てていなけりゃいい。俺はテーブルに酒を持っていってひっくり返し、捨てた札を水びたしにした。山口が捨てた一枚は、スペードの8だった。そこで俺は、トイレでダイヤのエースの入ったストレートを作った」

3か4の同じ札を敬二が持っている可能性がある。敬二の手は絵札しか読めていないからだ。だから賭けの要素はあるが、久野は敬二が絵札のフルハウスと読んだらしい。

「それから、一時間ばかり駆け引きが続いた」

喋っている松山は、それほど苦しそうでもなくなった。針金を解かれ、楽になったのかもしれない。

「久野がコーヒーをくれと、俺に言った。その時、十二万まで賭金が積まれていた。山口も、コーヒーが欲しいと言った」

「お互いに、金をいくら持っているかの読み合いだった。持ってる現金は賭けていいということになってたが、二十万までという暗黙の決まりみたいなものはあった」

敬二が言う。二十万だとしても、敬二は持っていなかったはずだ。

「俺は、乗ってきたバイクを、いくらとして扱うか、という話をはじめた。俺は五十万と言い、久野は五万と言った。八十万はかかったバイクで、しかも新車だ。冗談じゃねえぞと俺は言ったが、内心では、久野と俺が持っている現金の差を埋めるだけでいいと思っていた。負けるはずはない、と思ってたからな」

「フルハウスで、負けることだってあるだろう」

「俺は、久野のポーカーをよく知ってる。五枚の札が配られ、それを見て三枚替え、それを見つめている時、久野の顔には迷いがあったよ。降りようかどうしようか迷った時、久野はああいう顔をする。それからしばらくして、久野はなにかを決心するみてえに、勝負に乗ってきやがったんだ。だから、はったりをかますことにしやがった、と俺は思った」

　敬二が喋っている間、松山は腫れた手をじっと見つめていた。

「結局、三十万が上限で、もし俺に現金がなけりゃ、ない分はバイクでいいってことになった。俺は十八万持ってたから、バイクは十二万さ。俺が、十二万ぽっちでバイクを賭けるわけはねえと思ったんだろう。俺が降りなかったら、意外な顔してた」

「もういいよ。大体わかった」

　安彦が言うと、敬二が横をむいた。

「カードを丸々取り替えられた時、気がつかなかった俺が間抜けとも言える。十万以上の勝負は、あそこじゃはじめてでよ。三人とも興奮してると俺は思ってた」

「もういい」

松山と久野が、どんなふうにしてカードを交換したかなど、聞きたくもなかった。

「みんなわかったよ。もう行こう」

松山の怪我らしい怪我は、手と足の鬱血《うっけつ》だけのようだ。大怪我でもさせていたら、また面倒になるところだった。

「もうひとつだけ、訊き洩《も》らしたことがある」

言って、敬二は松山のそばにしゃがみこみ、サングラスをはずした。

「あんたの、取り分は？」

松山の顔が、ちょっと怯《おび》えたように動いた。

「わかるだろう、取り分だよ。手間かけさせるなよ」

「現金」

「俺の十八万か？」

松山が頷く。現金を松山が取り、久野がバイクを取った。久野は、かなり手のかかった敬二のバイクを、前から欲しいと思っていたのだろう。そして、松山と組んで機会を狙《ねら》っていた。

「行こう」

敬二の方が言った。

安彦は、敬二のあとから倉庫を出た。

「博奕なんて、相手を選ばなきゃひでえことになるな」

敬二が、エンジンをかけながら言う。安彦は、窓を開け、潮の匂いを嗅ぎとろうとしていた。海の近くで、潮の匂いぐらいはするはずだと思ったが、そんなものはまるでなかった。トラックの排気ガスが匂うだけだ。

「俺のところで、飲もうか」

安彦は言った。ほんとうは『ハルマッタン』にでも行きたいところだが、日曜日だった。敬二が、うん、という。嬉《うれ》しい時の敬二の返事は、昔から変わらない。

第二章

1

公園の端のベンチに、安彦は腰を降ろしていた。

由美子が、男と会っている。それを見ていてくれ、と安彦は頼まれていた。男は、由美子の友人の元恋人で、別れたあとにその友人が妊娠していたことがわかったというのだ。別れた理由など知りたいとも思わなかったが、由美子の役回りはほぼわかった。

黙って付いてきたのは、由美子が乱暴されるかもしれない、と心配したからだ。男が、横っ面のひとつも張りたくなるようなことを、由美子なら言いかねない。

アルファロメオ・スパイダーは、公園の下の駐車場に入れてある。駐車のことを考えて由美子がこの公園を指定したのかと思ったが、男の方からそう言ってきたのだという。

男は、公園の近くのビルにある会社に勤めていて、昼休みなら時間がとれると答えたらしいのだ。

話は、大して長くかからなかった。

二人が、ほとんど同時にベンチから立ちあがった。なにか言った由美子の肩を、男が押した。ちょっとうんざりした気分で、安彦は腰をあげた。

自分のやったことの責任もとれないで、なにが男よ。由美子が、そう言っている。男の声は、低くて聞えない。男と女のことに、関係ない人間が割りこむのは馬鹿げている、と安彦は思ったが、どうにもならなかった。これは、俺と由美子の関係だ、と自分に言い聞かせた。

「しつこい女だな。第一、礼子が誰と寝ていたかわかったもんじゃないだろう」

「よくそんなことが言えるわね。男が恥ってものを忘れたら終りだと、あたし思うわ。とにかく、礼子に会いなさいよ」

命令口調がよくない。関係ない由美子に命令口調で言われたら、誰だって頭に来るだろう。少なくとも、自分は頭に来る、と安彦は思った。由美子の手が、男の頬《ほお》に飛んでいくのが見えた。まったく、気が強いのか弱いのかわからない女だ。安彦には命令口調でものを言うことなどないし、どちらかというと従順な時が多い。

立ち去ろうとした男の腕を、由美子が摑《つか》んだ。ふり返った男の眼《まな》ざしには、やはり怒りと苛立《いらだ》ちがあった。口を動かしかけ、由美子の肩を突き飛ばす。

安彦は、別に急がなかった。突き飛ばされてよろけた由美子の肩に、軽く手を置く。由美子がふり返り、男も安彦を見た。

由美子の肩から手を放すと、安彦は黙って男に歩み寄った。

「なんだ、君は？」

「こいつの連れでしてね。申し訳ありませんが、言うことを聞いてやってください」

「関係ないだろう、おまえに」

「自分の女が突き飛ばされたんだから、関係はありますよ」

「関係ない。いい加減にしろ」

「付き合っていた女と、話し合いをするだけじゃないですか」

「必要ない。病院でかかる金は出してやる、と言ってるんだ。その上、なにをやれって言ってるんだ」

「一緒に、病院に行ってと言ってるのよ、礼子は。何度言わせりゃ気が済むの」

由美子が口を挟んできた。公園のベンチには人の姿がある。視線はこちらにむいているが、集まってくることはなかった。

「まったく、卑怯《ひきよう》なんだから。礼子が、どんな思いをしてると思ってるのよ」

「金は出してやる」

男が、もう一度言った。

「出してやるっていう考え方も、ひどいと思わないの。それじゃ、まるで礼子が悪いことでもしたみたいじゃないの」

「できるのは、そこまでだ」

男の言っていることも、安彦にはなんとなくわかった。自分ならどうするだろう、とは考えなかった。気の毒な事態には違いないが、それは自分で招いたことでもある。

「あんたね」

安彦はそれだけ言い、もう一歩男に近づいた。話し合いもしたくないというほど、憎んで別れたのだろうか。いままで、安彦は女とはあっさり別れてきた。じゃあな、という感じでさよならは済んでしまったのだ。

「会って、話せよ」

「おまえが、余計なことを言うな。引っこんでろ」

「彼女に話をさせるわけにゃいかない。あんた、突き飛ばしたりしているし」

もう一歩近づいた。

「しつこいんだよ、おまえら」

言うのと、男のパンチが出てくるのが同時だった。安彦はよけようとはせず、口のところでそれを受けた。歯から頭の芯《しん》に、痺《しび》れるような感じが走った。口の中が切れ、血が流れてくるのがわかった。

血を見て、男は冷静になったようだった。しまった、という表情が顔に出ている。

「これで、気が済んだでしょう。彼女と会って、話をしてください」

もう一歩、近づいた。男は、二歩退《さ》がった。

「ひどい、安彦まで殴るなんて」

「黙ってろ」

ふりむいて、安彦は由美子に言った。

「会いますよね」

男を睨《にら》みつける。男が、視線をそらした。

「会ってくださいよ。病院に行きたくないんなら、その時彼女にそう言えばいい」

「しかしな」

「付き合ってたんでしょう、この間まで」

「俺の子じゃない、という気もする」

「付き合ってた女が、妊娠した。そういうことでしょう？」

「それは」

「産むなんて言ってないんだし、そんなひどい話でもないって気はしますけどね」

男が、一度安彦を見て、また視線をそらした。

「会ってくれますね？」

男は、しばらく考えるような表情をしていた。

「会った方が、いいですよ」

「わかった」

しばらくして、男が言った。

「俺の方から、彼女に直接連絡をする。それでいいか？」

「いつ？」

「今夜」

いやなことは、早く済ませてしまいたい。男がそう思う気持もわかった。

「約束、していただけますね？」

「するよ。また、君らにうるさく言われたんじゃ、かなわないからな」

安彦は、由美子の方をふりむいた。由美子が、かすかに頷《うなず》く。

「それじゃ、よろしくお願いします」

言って、安彦は踵《きびす》を返した。由美子の肩を抱く。ふり返らず、歩いていった。

「血が出てる、安彦」

「どうってことはない。心配するな」

「あたし、安彦が殴り返すかと思った」

「悪かったな。あの人はあの人で、いきなりこんな話を持ちこまれて、びっくりしただろうし、腹も立っただろうと思ったからな。一発ぐらい、仕方ないと思った。意気地がないと思いたきゃ思え」

「逆。安彦、恰好《かっこう》よかった。殴られても全然怯《ひる》んでなかったし、怒りもしなかった。あいつの方が、殴り返されるんじゃないかとビクついてたわ」

下の駐車場まで、すぐだった。

アルファロメオは、オープンのままで置いてある。こういうところが、金持ちの神経というやつだ。

安彦が運転した。安彦なら、幌《ほろ》を被《かぶ》せても、まだ心配だろう。

付き合ったのは半年。由美子は、携帯電話で礼子と話している。礼子の方から、別れたはずだ。付き合ったのは半年。新しい男が、つい最近礼子にできたらしい。その男には内緒で、病院へ行くのだろう。

「礼子も、ちょっと考えた方がいいな」

電話を切って、由美子が言う。

「自分から嫌いになっといて、これだもんね。男の方に責任がないわけじゃないんだから、病院に行くぐらい仕方ないと思うけど」

「まったくだ」

「妊娠なんかすると、なんとなく感傷的な気分になるみたい。それ以上のこと、あたしわかんないけど、ずいぶん説得はしたのよ、あたしが病院に付いていくからって」

「女同士じゃ、サマにならねえだろう」

「そうだよね。おまけに礼子、メソメソするだろうし」

「これで終りだ。いいんだろうな？」

「安彦に、ごはん御馳走《ごちそう》する。そんなんで、お礼になるとは思ってないけど。材料買っていくから、スーパーの前で停《と》めてね」

レストランで、安彦は由美子に払わせない。由美子の部屋なら金の払いようもないが、滅多にやることでもなかった。入りびたると、それこそヒモのようになってしまう。レストランで奢《おご》られるより、もっと始末の悪いことだ。

「いやなの？」

「行くよ。その前に、買物だな」

「そんなに大したものできないけど、ビデオが何本かあるから、観《み》ててよ。香港《ホンコン》映画だから、安彦、気に入ると思う」

「チョー・ユンファは？」

「出てない」

「まあいいか。あいつばかりが香港映画じゃないし」

街が、後方に飛び退《すさ》っていく。空も飛んでいく。オープンのいいところだ。サンルーフ程度の車では、こんな解放感は味わえない。

由美子が妊娠したら、俺はどうするだろう、と安彦は考えはじめた。由美子はピルを飲んでいるので、安彦は避妊具を使っていない。すべて由美子に任せているという恰好だった。由美子がその気になれば、いつでも妊娠はできる。

妊娠してしまえば、それは安彦が騙《だま》されたということだ。騙すかもしれない、と一瞬考えた自分を、安彦は恥じた。自分がいま好きな女。その女に騙されるのは、自分に騙されることと同じだ、と安彦は思う。そういうものだ。騙す程度の女に惚《ほ》れた、ということだ。

「いいなあ」

「なにが？」

「スパイダー。秋になると、信号待ちも苦にならないし」

「こんな車に乗ってて、あたし最近恥《はずか》しくなってきた。フェラーリやマセラーティほど高くはないけど、やっぱり贅沢《ぜいたく》よね。お小遣《こづか》いが、月に一万五千円とか二万円とかいう友だちもいる。決して貧しい家庭の子じゃないんだよ。親がしっかり見てるのよ。服も持ってるものもいいものだけど、親が買ってくれるんだって。それで本人は、一万五千円のお小遣いを、大事に大事に遣う。うちの親なんかと、頭の程度が違うんだな。不良娘には、お金を持たせとけばいいと思ってるんだから」

「嘆くような身分じゃねえだろう。いい加減にしろよ」

「そうだね」

「てめえで稼ぐってのを知らないのは、ちょっとかわいそうだと思うけどね」

「いやだ、あたしのコンプレックスを刺激しようとしてる。あたしが御馳走すると言うと、安彦はいつもそうなんだから。どこか、意地が悪いよ。素直になれ」

「受け取り方によると思うけどな」

信号で停止し、ビルとビルの間にある空に安彦は眼をむけた。

「そういえば、彼、どうしてる？」

「敬二か。変わんねえよ」

「異色の友だちだよね、彼。あんまり喋《しゃべ》らないけど、迫力があるわ」

喋らないのは、由美子と気が合わないと考えているからだろう、と安彦は思っていた。少なくとも、安彦の前ではいつもお喋りだった。

「なんにしようかな」

「なんでもいい。簡単にできるもんでいいさ」

「手をかけたいの。凝りたいの」

「わかったよ。ビデオがあるんだろう。待つよ」

実際のところ、由美子が作った手料理を食うのは、悪い気分ではないのだ。尻《しり》が落ち着かないようなところはあるが、カップラーメンばかり食っている時は、由美子に電話しようかと手をのばしかかったこともある。

前に車がいなくなったので、安彦はじわりとスロットルを踏みこんだ。エンジン音が高くなる。ちょっとしたスロットルワークでも、エンジン音は微妙に変わり、この車を自分が運転しているという気分が強くなるのだった。

いつか、自分の車を買う時は、エンジン音をよく聞いてから決めよう、と安彦は思っていた。間違っても、国産の中古の安物など買いたくない。

三速で走っていたが、前に車が詰まってきたので、二速に落とした。ニュートラルで中ぶかしを一度入れ、クラッチはポンと繋《つな》ぐ。それで変速ショックもなく、二速のエンジンブレーキが効いてくる。ブレーキランプが点《とも》るのは、停止の直前だけだ。ブレーキを踏んだり放したりという運転を、こういう車ならすべきではないと思った。

車雑誌で覚えた運転のテクニックを、実際に試すのは、このアルファロメオに乗った時だけだ。友だちが大学に乗ってくる車も、ほとんどオートマチックだった。

「ねえ、いまの中ぶかしよね?」

「そうだ」

「ヒール・アンド・トゥはできる?」

「やり方は知ってるが、やったことはない。ワインディングの、減速、加速をくり返すところで使うテクニックだと思う」

「今度、練習しようよ。あたしに中ぶかしを教えて。安彦は、ヒール・アンド・トゥの練習をすればいい。箱根の山道を走って、どこかで一泊してくるなんていうの、素敵だと思うな、あたし」

安彦は黙っていた。箱根で泊まったりすれば、金がかかるに違いない。しかし箱根の山道で、アルファロメオを運転してみたい気持もある。

どこかで踏みこめないか、と思いながら運転を続けた。すぐに、由美子が言ったスーパーが見えてくる。

どういうものを売っているスーパーなのか、駐車場には外車の姿が多かった。少なくとも、カップラーメンを買いに来るスーパーではなさそうだ。

2

午後から休講になり、雀荘《ジャンそう》に飛びこんだ。

小林に誘われたのだ。車代を取り返す、いいチャンスだった。あとの二人も顔見知りで、飛び抜けて強いやつは入っていない。

麻雀《マージャン》は、集中力と気合だと、安彦は思っていた。夕方には、かなり稼いでいた。六万近くになる。誘った小林が、最初に音をあげた。金は、小林以外からは集めることができた。小林は、一週間車を貸すことを申し出てきた。一日三千円で計算すると、その程度にはなる。

「十日だ、小林」

「そりゃ、ひでえよ。俺は一日四千円か五千円で貸してんだぜ」

「だって、俺は車を使う予定がないもん。金払って借りるやつは、必要だからだろう?」

「そういうのを、足もとを見るって言うんだよ」

「じゃ、車はやめて、金の貸しにしとく。それが一番すっきりするんじゃねえか」

麻雀の借りは、ほぼ一週間できれいにすればいい、という暗黙の了解があった。一週間、誰かに車を貸せば、それだけ稼げる勘定だ。しかし、小林の車を借りようというやつは、あまりいなくなった。ボロ車だからだ。レンタカーの方が、新しいし、保険も付いている。

「わかったよ。十日、車を貸す」

「仕方ねえぞ。俺だって、毎日車を使いやしねえんだ」

「大学に乗ってくりゃいいじゃねえの」

「定期があるんだよ。よく渋滞する道だし、電車の方がずっといい」

「いいもんだぜ、車通学っての」

「車が、もっと新しけりゃな」

確かにそうだと、あとの二人も同調した。二人とも何度か車を借りて、法外な金を取られたと思っている。

「今度、取り返してやる」

小林は、その場でキーを抛《ほう》って寄越《よこ》した。

古い車のくせに、オートマチックだった。それも、安彦は気に入らなかった。エンジンブレーキを効かせようと思えば、手だけでローに落とせばいい。ドライブのレンジで加速する時は、思い切り踏みこめばキックダウンするのだ。おもちゃを動かしているような感じだった。

由美子に電話をしたが、留守番電話のテープが聞えてきただけだった。また電話する、と吹きこんで切った。

夕めしは、食堂でカツ丼《どん》を食った。いつもはビールを一本飲むところだが、車なのでやめておくことにした。余計なものを押しつけられた、という気分がどこかにある。小林の方は、負け以上に取られたと思っているだろう。

博奕《ばくち》の勝負には、両方に言い分があるから、きれいに金で片をつけた方がいいのだ。ただ、いかさまは別だった。

しばらく車を乗り回して、もう一度由美子に電話してみたが、やはり留守だ。

酒を飲んではいけないという気分は、すぐに消えてきた。由美子のアルファロメオを運転する時も、オン・ザ・ロックの二、三杯は飲む。

下北沢まで車を回して、『ハルマッタン』の前に駐《と》めた。

入ってきた安彦に、尾崎はちょっと眼をくれただけだった。客は、三人いた。黙って、尾崎がボトルをカウンターに置く。ボウモアではなく、この店にある一番安いボトルだ。ボウモアは、由美子とだけ飲むようにしているので、まだ三分の二が残っている。

時々饒舌《じょうぜつ》になることはあるが、ふだん尾崎は無口で無愛想だった。この前饒舌になったのは、ボウモアの飲み方について由美子に説教した時だ。

「久野が来たぞ。二人ばかり連れて、おまえを捜してた」

「俺を？」

久野は敬二が通っていた店の経営者で、一度、敬二と二人でこの店へ来たことがある。安彦を捜しに来たのだ。半年ほど前のことだった。

なぜ二人が安彦を捜していたかというと、ルーレットの台とチップを借りていたからだ。麻台は五十センチ四方の箱で、チップは五色あった。安彦はそれをひと月ほど借りていて、麻雀の代りにやっていたのだ。チップを張る台の方はただの布で、テーブルに拡《ひろ》げればいいようになっていた。最初の一週間ほどは、麻雀仲間も熱中していたが、すぐに飽きた。複雑ではなく、ただ運任せに思えたからだ。敬二に言わせると、ルーレットもそれなりに複雑だった。安彦が深入りしなかったのは、賭《か》けが直接的すぎたし、ディーラーと客というかたちで、結局ディーラーが勝ってしまうことになったからだ。

敬二は、勝ち負けが早くはっきりする勝負を好むところがある。

「いかがわしい男だな、あれは」

一度来て、オン・ザ・ロックを一杯だけ飲んだ久野を、尾崎はちゃんと憶《おぼ》えていた。

「俺じゃなく、敬二を捜してたんじゃないのかな」

「おまえを捜してる、と言ったから店に入れた」

普通だったら追っ払う、と尾崎は言っているのだった。事実、月に一度ぐらいは、入れて貰《もら》えない客に出会《でくわ》す。入れるか入れないかの基準は、尾崎の気分のようにも思えた。

「俺は、自分の店を薄汚くはしたくない」

「久野ってのが、そんな男だってのは、最近になってわかりましたよ。あれでも、五反田でバーやってんですけどね」

「今度来た時は、入れないぞ」

「敬二も、ですか？」

「あれは単純だが、いい男だ」

「マスター、人を見る眼があるな」

「まあ、山口も、そのうち思い知る」

それだけ言って、尾崎はほかの客の方へ行った。

なぜ、久野が自分を捜しに来たのか、安彦は考えはじめた。どう考えても、自分ではなく敬二を捜しているとしか思えない。

バイクを返そうという気になったのか。久野は、そんな玉ではないはずだ。それなら、松山を締めあげたことで、なにか言いたいことでもあったのか。

考えているうちに、いやな気分になってきた。

敬二の部屋に、電話をしてみた。呼出音が鳴るだけだった。留守番電話など入れていないのは、安彦と同じだ。

オン・ザ・ロックを二杯飲んだところで、安彦は『ハルマッタン』を出た。

車を、西品川に回してみる。

敬二の部屋には明りがなく、ドアをノックしても返事はなかった。

久野が、敬二を捜す。どう考えても、まともな用事とは思えなくなった。しかし、敬二にやましいところなどない。いかさまをした久野の方に、やましい思いはあるはずだ。

敬二の留守は、めずらしいことではなかった。地方の工事に、一週間、十日と出張して行くこともある。その土地の酒をぶらさげて、突然安彦の部屋にやってくることもあるのだ。今度もそうだろう、と安彦は思った。思うことで、いやな気分を吹き飛ばしたかった。

自分の部屋に戻った。蒲団《ふとん》に横になり、しばらくぼんやりしていた。

電話。眠ってしまったようだ。安彦は手をのばし、受話器をとった。

「電話、くれた？」

由美子だった。十一時を回ったところだ。

「フラメンコを観に行ってたの。興奮してお喋りをして、お酒まで飲んできちゃった」

敬二からの電話。待っていたのは、それだけだ。

「用事があったわけじゃない」

「あら、冷たいんだ」

「酔っ払いの相手もしたくない」

「寝てたの？」

「ああ」

「じゃ、起こしちゃったんだ。起こしついでに、訊《き》きたいことがあったから訊いちゃおうっと。あたし、まだ寝ちゃいけないの。明日までにレポート出すんだから」

「ま、頑張れよ」

「安彦の専門だから、教えて。悪法でも法は法だって、どういう意味？」

「ソクラテスに訊けよ」

「意地悪しないでよ。安彦がいるから、レポート大丈夫だと思ってたんだから」

「まったく、一般教養になんだって法律学なんか選んだんだ」

「教授が、いい男だった」

「わかったよ」

安彦は煙草《たばこ》をくわえて火をつけた。

「悪法でも、法は法なんだ」

「まだからかう気なんだ、あたしを」

「だから、言葉通りの意味だって言ってるだろう。これは、法律がなんのために存在しているか、ということを考えれば、理解できる」

「あたし、法学部の学生じゃないの。もっとわかるように言って」

「法律というものは、それによって、秩序を作り、社会を安定させるためにある。わかるな。社会を安定させる使命を持ったものは、そうたやすく変えられない。変えると混乱するからさ。だから悪法であっても、それが変えられるまでは、守らなきゃならねえってわけだ。変えるためには、大多数の合意が要る。そして、新しい法ができる。それまでは、たとえ悪法であっても、社会の安定のためにゃ存在と効力を認めなきゃならねえってわけさ。法律が一日ごとに変わったら、犯罪人だらけになっちまうだろうしな。これが、根本の意味だ。つまり骨みたいなもんさ。あとは、適当に肉をつけりゃ、レポートはできる」

「安彦、愛してるから」

「勝手に愛してろ。俺は、もう寝る」

おかしな音が聞えた。安彦は煙草を消した。

「なにしたかわかる?」

「受話器にキスしたな」

「左様。いまは、電話でしかキスを送れない。我慢してね」

「わかった」

「あっさりしてるのね」

「フェラチオを、もっと良くできるようになれ。キスより、その方がいい」

「情緒欠乏症」

「寝るぞ、もう」

「わかった。ありがとう」

電話を切った。

眠りはしなかった。すっかり眼は醒《さ》めてしまっている。

しばらく、民法の本を読んでいた。読んで一番つまらないのが、民法だの商法だのという、私法関係の本だ。一時間で、大抵は眠くなる。

なぜ、久野は敬二を捜しているのか。

本を開いて二、三行読んだ時は、もうそれを考えはじめていた。敬二に用事があるとしたら、なんなのか。どこかに駐車してあったバイクを、敬二が黙って取り返したりしたのではないのか。それならば敬二を捜すだろうが、ちょっとありそうもないことだった。敬二なら、堂々と取り返そうとするだろう。

ふと思い立って、『ナオミ』に電話を入れてみた。女の声が出て、マスターは休みだと言った。久野の部屋の電話番号を訊いた。すぐに電話をしてみる。誰も出なかった。

開いていた本に、眼を落とした。

そのうち、眠っていた。眼醒めた時は、窓から光が射《さ》しこんでいた。

なんでもないことのように思えてきた。明るい光の中では、いやな気分も色褪《いろあ》せたものになっている。

念のために敬二の部屋に電話をして、いないことを確かめた。それから、車を転がして、大学にむかった。途中のコンビニで、サンドイッチと牛乳を買い、食いながら運転した。

講義に二つ出た。あまり顔を出さない教室だったが、立川が彼女といて、アルバイトの話を持ってきた。いまのところ、必要ではない。しばらく、アルバイトの情報を交換した。

「景気、よくねえよな、確かに」

一日八千円のアルバイトが、あまり見つからなかった。きつい仕事でも、八千円というのが出てきたぐらいだ。つまり、需給のバランスが崩れている。アルバイトをやりたいという学生が、余っているのだ。

「おまえ、このところ麻雀で稼いでるんだってな」

「早いね。きのうの話だぜ。きのうは、確かに稼いだって感じだった」

「車、取られてしもうたって、小林はん泣いてはった」

立川の彼女が口を挟んだ。彼女の方は、酒場のアルバイトが、それほど苦労せずに見つけられるらしい。

午後になると、立川は彼女とどこかへ行った。

安彦は、学食でうどんを啜《すす》りこんだ。何人かに麻雀を誘われたが、断った。

公衆電話から、敬二の会社に電話を入れた。急ぐ時は、そうやってどこの現場にいるのか訊くことになっていたのだ。

「現場にゃ出てないんだ」

何度か一緒に仕事をしたことがある、主任の肩書を持った男だった。

「会社にも出てこん。無断欠勤というやつだな。自宅に電話を入れたが、留守だった。寝呆《ねぼ》けて、どこかの現場に行っちまったんじゃないのかな」

「きのうは？」

「出てたよ。現場の割り振りをするんで、本社だった。定時に帰ったよ」

「そうですか」

「また、バイトに来いよ。別に山口を通さなくったっていい。やつは、今後地方の現場に出ることが多くなるし。外国人労働者が、なかなかまとまらん。君がいてくれると、助かるんだ」

礼を言って、安彦は電話を切った。

いやな気分が、また蘇《よみがえ》ってきた。

3

多摩川を越えて、久野のアパートまで行った。

バイクがある。バイクだけでなく、古い型のアウディも一台駐《とま》っていた。久野ひとりではなさそうだ。

街の方へ行き、安彦は久野の部屋に電話を入れた。

「おまえか」

久野の声だった。背後に、何人かいるような感じだった。

「俺を捜してたって、あるところで聞きましたんでね。なにか用事だったんじゃないかと思って」

「俺が、おまえにどんな用事があるってんだい？」

「たとえば、山口のバイクを返す気になったとか」

「山口のバイクだと？」

「返す気、ないんですか？」

「あるわけねえだろう。ありゃ俺のバイクだ。それに、おまえなんか捜しちゃいないよ。俺は、山口を捜してたんだ。野郎には、用事があった。おまえにゃ、なんの用事もない」

用事があった。そう過去形で言ったことが、安彦の気持にひっかかった。用事は済んだ。そう言っているようにも聞える。

「山口と、会ったんですか？」

「いや」

短く、低い声になった。

「俺、松山って人から、あんたがなにやったか聞きましたよ」

「どういうつもりなんだ、てめえらは。松山がどうしてるか、おまえ知ってるのか？」

「いや」

「両腕を折られて、入院してる。両腕をギプスで固定されちまって、ひとりじゃなんにもできねえんだよ」

「山口が？」

「そんなことして、無理に松山に言わせた。汚ねえな」

「俺が聞いた時、松山はひどい怪我なんかしてなかった」

そのあと、敬二がひとりでやった。考えられないことではなかった。安彦を巻きこむまいと考えたに違いない。昔から、敬二はそうだった。気づいて、安彦の方から巻きこまれていくこともあったが、気づかない間に事が済んでいることも一度や二度ではなかった。

「山口と、会ったんですか？」

それは、考えられない。少なくとも、久野を相手にして、逃げるわけはなかった。敬二は久野と会った、と安彦は思った。ほとんど確信に近かった。昨夜、どこかで見つけられたのだろう。それからどうしたのか。まずやらなければならないのは、敬二の顔を見ることだった。

「野郎、逃《ふ》けやがった」

また、俺を巻きこみやがって。電話を切ってから、そう呟《つぶや》いた。

ほんとうに巻きこまれたことなど、数えるほどしかなかった。いつも、安彦がやろうとしていたことを、敬二が先にやってしまう。だから恰好としては、巻きこまれたようになる。それだけだった。

安彦が敬二を巻きこんだのは、二度ぐらいのものだ。しかも、まったくの個人的な問題に、敬二を巻きこんだのだった。

しばらく、車の中で考えた。

ひとりで、松山の両腕を折った。松山だけで済ます気が、敬二にはなかっただろう。久野の両腕か両脚を叩《たた》き折る。久野もそう考えて、先に敬二を捕まえようとしたのかもしれない。それもひとりでではなく、仲間何人かとだ。

そしていま、久野は自分の部屋にいる。アウディが駐められているところを見ると、仲間も一緒だろう。見つけるのを一旦《いったん》諦《あきら》め、作戦でも練り直している、と考えることもできた。

しかしそれは、敬二が逃げ回っていると仮定してだ。

敬二は、逃げ回りはしないはずだ。逃げなければならないことは、なにひとつしていない。だから逃げない。そういう男だ。

ならばなぜ、久野は仲間と一緒に自分のアパートにいて、なぜ敬二は会社を無断欠勤しているのか。

次第に、見えてきた。昨夜の早い時間までは、敬二に見つかっていなかった。しかし、『ハルマッタン』まで捜しに来たのだ。敬二の行きそうなところはかなり細かく摑んでいて、見つけた可能性が強い。

あのアパートか、と安彦は呟いた。

立《た》ち退《の》きを拒んで、久野ひとりが住んでいるアパート。ほかの部屋は無人なのだ。見つけた敬二をあのアパートに連れこめば、ほとんど誰に知られることもなく、監禁もできる。まさかそんなことまで考えて、立ち退きを拒絶しているわけではないだろうが、博奕をやるにしても目立たないはずだった。

はっきり、見えてきている。

これからどうするかは、あのアパートに敬二がいることを確かめてから考えればいい。

まず、久野の仲間が何人いるかだ。尾崎は、久野が二人連れて現われた、と言った。車の運転にもうひとり。四人ならアウディに乗り、敬二を見つけた時は後部座席に乗せられる。

久野も入れて四人。まず、そう見当をつけた。次に、アパートのまわりの地理を頭に思い浮かべた。

コンビニで、サンドイッチと缶入りのスポーツドリンクを三本買った。自動販売機で煙草も買っておく。それから電器店を捜し、懐中電灯をひとつ買った。

久野のアパートから百メートルほど街に寄ったところに、駐車場があった。畠《はたけ》の真中の駐車場だが、三十台は入れそうな広さがあった。建売住宅のような家並には、すべて駐車場があったから、契約している車の持主がどこに住んでいるのかはわからない。四台、車が入っているだけだった。

そこから、久野のアパートは一応見通せた。明るい間、安彦はその駐車場に車を入れ、人の動きだけを見張った。誰もやってこなかったし、誰も出ていかなかった。

陽《ひ》が落ちてから、安彦は無灯火でアパートの反対側に移動した。雑草が伸び放題になった畠に挟まれた道で、アパートの前を通る道の角で停めた。アパートまで、ほぼ四十メートルというところだ。街灯がないので、見つけられる可能性は少ないだろう。

久野の部屋には、明りがあった。ほかの部屋は、電気もすべて止まっているのだろう。ひとつだけ明りのついた窓は、いやでも眼に入ってくる。

煙草を喫《す》った。闇《やみ》の中で赤い点が浮遊し、喫う度にチリチリという音がする。

敬二は、どの部屋にいるのか。久野の部屋か。それとも、別のところか。いるなら、二階の可能性の方が強い。一階からなら、すぐに外に飛び出せる。

　姿を確認できないまでも、なにか敬二の痕跡《こんせき》を見つけたかった。バイクはあるが、久野が乗っている。アウディは、久野の仲間のものだ。痕跡を見つけるというのは、無理なのかもしれない、という思いがくり返し襲ってくる。

　待ち続けた。八時を回ったころ、久野の部屋から男がひとり出てきた。まだ若いようだ。安彦と同じくらいの年齢と思えた。部屋の中にたにか声をかけ、外階段を駈《か》け降り、アウディのエンジンをかけた。

　走り去っていく。

　いま、部屋には三人だろう、と安彦は考えた。それも確認したい。しかし、誰も外に姿は現わさなかった。

　車を降り、安彦はアパートに近づいていった。音楽が洩《も》れている。演歌が、かなりのボリュームでかかっていた。笑い声も聞えてくる。宴会でもやっているという感じだ。

　しばらく、息をひそめていた。

　車の音が近づいてきた。アウディが戻ってきたようだ。安彦は、雑草の中にかがみこんだ。アウディは外階段の下に停った。ドアが開き、ルームランプが点る。若い男の顔が、はっきりわかった。スーツは着ているが、ネクタイはしていない。どこにでもいそうな感じの男だ。

コンビニの袋を助手席から三つ降ろし、ウイスキーのボトルを二本、その袋に突っこんでいる。ドアを開けたまま一度二階に運びこみ、また降りてきて残りを運びあげた。

　宴会は、まだ続くのだろう。

　敬二は、ほんとうにここにいるのか。考えても仕方のないことだった。いるかいないか、確認するしかないのだ。

　部屋は、二間と台所。そんなものらしい。造りは、全部同じだろう。上下で十二部屋ある。

　思いきって、安彦は外階段のところまで走り、下の六部屋のドアノブを確認した。全部ロックされている。暗くてよくわからないが、人が出入りした痕跡もないような気がした。

　再び、二階通路が見渡せる場所に戻ってきた。

　久野の部屋の両隣。そこが匂《にお》う。あるいは、久野の部屋に監禁されている可能性もある。こうなったら、慌てる必要はない。朝までになんとか確かめればいいのだ。

　一度車に戻った。サンドイッチとスポーツドリンクを、腹に押しこむ。フロントグラス越しに、久野の部屋の明りは見えていた。しかし、ちょっと遠い。声など、聞きとることはできない。

　一時間ほどして、安彦はまたアパートのすぐ下まで行った。

　喚《わめ》き声と、なにかを打ちつけるような音が聞える。花札だろう、としばらくして思った。

感じとして、コイコイでもやっているように思える。

肉を煮るような匂いも、安彦のところまで流れてきていた。

二人出てきたのは、十一時過ぎだった。

ひとりはアンダーシャツ一枚で、もうひとりはワイシャツ姿だ。アンダーシャツの方が、小肥りで年嵩《としかさ》のように見えた。

「デザートってやつよ、デザート」

小肥りの男が、部屋の中に向かって大声で言う。中では、まだ花札が続いているようだ。懐中電灯がつけられた。かなり強力で、スポーツライトと呼ばれるやつだろう。

二人は、左隣の部屋に入っていった。ロックを解く仕草もなければ、音もしなかった。ロックしなくても、敬二は動けない状態にある、ということだろう。

花札は続いている。隣の窓で、懐中電灯の明りが動いた。小さな窓から洩れる明りが、いくらか強くなる。バスルームだ。ぶつかるようなもの音が一度聞えただけで、あとは静かだった。花札勝負の喚き声だけが、続いている。

不意に、その喚きとは別の、いやな叫び声が闇を裂いた。安彦の全身に鳥肌がプツプツと立った。叫び声は長く尾を曳《ひ》き、闇に吸い込まれるように途絶えた。

しばらくして笑い声が聞え、二人が出てきた。久野の部屋に戻り、なにか大声で言っている。久野は、出てこなかった。

安彦は、うずくまっていた。早く寝てしまえと念じ続けていたが、四人が寝そうな気配はなかった。

耐え難くなってきた。

連中は、もうかなり酔っているはずだ。隣でもの音がしても、気づかないに違いない。行ってしまおう、と安彦は思った。すでに、午前二時近くになっている。

腰をあげた。アパートの軒下に近づいた。頭上でもの音がし、ドアが開く気配があった。

「おやすみぐらい、言ってやらなきゃな」

久野の声だった。安彦は息を殺した。

隣の部屋に入っていく。そのもの音は聞えた。ぶつかる音。肉を打つ音。聞えてくる。しかし、叫び声は聞えなかった。死んだのではないか。そういう気がしてきた。

飛び出そう、と安彦は思った。耐えられない。四人いようと、酔っ払いだ。二人を突きで、二人を蹴《け》りで。その気になれば、できるかもしれない。

躰《からだ》が、動きかけた。その時、またドアが開閉する音がした。

久野は、自分の部屋に戻ったようだ。

安彦は、二度三度と大きく呼吸をした。慌てるな、と自分に言い聞かせる。連中は、眠ってしまうだろう。敬二が、歩ける状態かどうかもわからないのだ。できることなら、連中に気づかれないまま助け出したい。

やるべきことがなにかないか、頭の中で反芻《はんすう》した。敬二は縛られているかもしれない。ドアは、最後に久野がロックしたかもしれない。どんな状態にも、対処できるようにしておいた方がいい。

一度、車に戻った。トランクの工具箱。あるのはペンチとドライバーと三本のレンチだけだった。ジャッキもないらしい。

ペンチとドライバーを、ズボンのポケットに突っこんだ。

もう一度アパートの軒下まで行き、しばらくじっとしていた。

久野の部屋からは、もうもの音は聞えてこない。大きな明りも消え、台所に薄暗い明りがあるだけだった。

時計を見た。あと十五分待とう、と思った。それでほぼ二時半になる。その間、二階のもの音に注意を集中していた。人が動くような気配は、まったく伝わってこない。

階段の前に立った。懐中電灯なしで、一段ずつ昇っていく。鉄製の階段で、音はほとんどしなかった。

ドア。ノブに懐中電灯の光を当てた。回す。何の抵抗もなかった。ノブが回りきったところで、静かに引いた。濃い闇が襲いかかってくる。懐中電灯。踏み荒したような靴跡がある。すべて奥の部屋へはむかわず、右のバスルームらしいところへむかっていた。

足音をたてないように、注意深く歩いた。バスルームの、ノブ。静かに回す。光の中に、敬二の顔が浮かびあがった。腫《は》れて片眼が潰《つぶ》れている。もう一方の眼は、眩《まぶ》しそうに細めていた。躰は見えない。バスタブの中だった。

「俺だ、敬二」

懐中電灯の光をそらし、囁《ささや》いた。敬二に聞えたかどうか、わからない。

「俺だ。大丈夫だからな」

バスタブのそばにしゃがみこみ、もう一度囁いた。敬二は、かすかに呻《うめ》くような声をあげた。

「いま、助け出す。連中は寝てるから、音はたてるなよ」

敬二は、素っ裸にされていた。細紐《ほそひも》で後手に縛りあげられている。首にもロープが巻きついていて、それは蛇口に繋がれていた。

懐中電灯の把手《とって》のところをくわえ、まずペンチで細紐を切った。手は、倍ぐらいに腫れている。首のロープは、蛇口の方から解いた。あまり余裕はなく、敬二が動くと首が締るようになっていた。蛇口の結び目は簡単に解《ほど》けたが、首はなかなか解けなかった。額に滲《にじ》み出した汗が、眼に流れ落ちてくる。ようやく、解けた。

「立てるか？」

懐中電灯を持ち直して、安彦は言った。

全身に傷がある。刃物で切った傷だが、深くはなさそうだった。切り刻んで、面白がっていたということなのか。バスタブの底にも、血の塊があった。顔以外に、腫れているところが何ヵ所かある。肋骨《ろっこつ》が二本か三本はやられているだろう、と安彦は思った。

「歩けないんなら、俺が背負って行く」

大丈夫だ、と敬二は言ったようだった。はっきりは聞きとれない。支えてやると、自分でバスタブを跨《また》いで出てきた。

敬二の躰の脇の下に、安彦は手を回し、半分支えるようにしてゆっくり歩いた。通路。階段。ほとんど音もたてずに、下まで降りることができた。

もう、急ぐことはない、と思った。敬二は素っ裸で裸足だ。部屋には、敬二の服も靴も見当たらなかった。

車まで、ゆっくり歩いた。

敬二を助手席に乗せ、セルを回した。しばらくエンジンはかからなかった。五秒はたっぷりと回し、ようやくかかった。まったく気を持たせるポンコツだ。

連中が気づいた様子はない。

安彦はサイドブレーキを戻し、ゆっくりとブレーキペダルを放した。静かに、車は動きはじめた。走りはじめてから五分ほどは、バックミラーに注意していた。付いてくる車などいない。

大きな道に出た。路肩に車を停め、安彦は着ていたジャケットとシャツを敬二に渡し、アンダーシャツ一枚になった。暖房のスイッチも入れる。

煙草をくわえて、火をつけた。

「喫うか?」

一本差し出して言ったが、敬二は黙って首を横に振った。

4

切り傷は、消毒だけしておけばよさそうだった。

肋骨が、二本折れている。そこはテーピングした。空手をやっていれば、肋骨を折った経験など誰にもある。肋骨や鎖骨は、骨折としては軽い方と言っていい。骨髄などがない骨なのだ。

内臓は、やられていないようだ。医者が見ないと正確なところはわからないが、車の中でサンドイッチを貪《むさぼ》り、スポーツドリンクを二本続けて飲んだのだ。

あそこに閉じこめられたのは前の日の夜からで、ほぼ一昼夜繋がれていたのだろう。バスルームの、血と尿の入り混じった匂いを、部屋へ戻ってきてからも安彦は思いだした。

敬二は、終始無言だった。しつこく何度も訊くと、ようやく痛いとか痛くないとか短く答えるだけだ。

「黙んまりを決めこむのも勝手だけどよ。話し合いをしておかなくちゃならねえこともあるぞ。まず、会社をどうするかだ。おまえ、きのう無断欠勤だろう。今日も無断欠勤ってことになる」

治療の前に、敬二はシャワーを使っていた。よほど、躰をきれいにしたかったらしい。それで切り傷の一部は開いていたが、その程度のものだった。

安彦の部屋のバスは狭い。バスタブに半分湯を張って躰を入れると、それでもう溢《あふ》れてしまう。敬二は、執拗《しつよう》にシャワーだけを使っていた。

「連絡しとかないとまずい、と俺は思うよ。バイクで転んで、連絡が遅くなったでもいい。とにかく、主任には理由を説明しといた方がいい。おまえが電話したくねえなら、俺がしてやってもいい」

「俺が、するよ」

「わかった。じゃ、すぐにしろ」

敬二は、受話器を取り、番号をプッシュした。すぐには主任に繋がらないらしく、苛立《いらだ》ったように名前をくり返している。

バイクで転んだ。そう言っていた。記憶がおかしくなって、きのう一日、事故現場のそばでじっとしていた。そう言っていた。あとは、わかりませんだけだ。

もっと丁寧に喋り、謝った方がいいと安彦は思ったが、何も言わなかった。敬二のことなのだ。敬二には敬二の、上司との喋り方もあるのだろう。会社に出て顔を合わせた時に、最敬礼をする。そんなつもりなのかもしれない。

電話を切ると、敬二はまた黙り込んだ。

着ているのは、下着からシャツまで安彦のものだ。服も買おうかと思ったが、部屋へ戻れば、自分のものがある。問題は、すぐに部屋に戻れるかどうかだ。また、久野がやってこないともかぎらない。

「久野とも、話をつけた方がいいんじゃねえのか」

「そんな気はねえ」

怒ったように、敬二が言った。

「おまえ、あの松山ってやつをあれだけの目に遭わせたんだ」

「久野と、話をする気はねえよ」

「むこうがあると言ったら？」

「俺には、ねえよ」

それ以上、敬二は何も言わなかった。言葉で喋ることなどない、ということなのだろう。敬二は、別のかたちで片を付ける気でいる。

「ひとりでやるなよ」

「なにを？」

「おまえが、久野とやり合おうとしたって、どうせむこうはひとりじゃないんだ。また仲間を連れてくる。同じ目に遭わされるだけだぞ」

「どういう目だ。どういう目に遭うってんだよ」

敬二が、いきなり突っかかってきた。眼が一瞬強い光を放ったが、なにかに押し潰《つぶ》されたように、すぐに視線は下に落ちた。

一気が立ってるな。一応に振り切ったんだからよ。少し落ち着いて考えろよ。久野は、おまえの部屋のことは知ってるだろうが、ここは知らねえよ。電話番号だって知らねえ。ここにいる間、久野ともう一度どうにかなるってことはない」

「話なんか、ねえよ。話したくはねえ」

呟くように、敬二が言った。

「とにかく、しばらく俺のとこにいろ。その躰じゃ、一週間は仕事に出れねえ」

「肋骨ぐらい、なんだよ」

「そう言った方が、おまえらしい気がするな。だけど、わかってもいるだろう。一週間は、あまり動かさない方がいい。一週間経って現場に行っても、さらに一週間は力仕事は勘弁して貰え。二週間経ったら、大丈夫だ。稽古《けいこ》に入っても大丈夫だったし」

敬二はうつむいていた。

「氷を買ってくるのを忘れた」

安彦は言った。敬二の顔は、氷で冷やした方がいい。冷やすだけでも、腫れは驚くほど早くひく。それに食い物もなかった。薬局を叩き起こして、消毒液と湿布薬と化膿止め《かのうど》を買ってきただけなのだ。

「ちょっと行ってくる」

安彦は腰をあげた。

車で三分。コンビニがある。カップラーメンの類《たぐ》いも買い、荷物はひと抱えになった。戻ってきた時も、敬二は同じ姿勢で胡座《あぐら》をかいていた。

「煙草、買ってきてあるからな」

食い物を、冷蔵庫に詰めこんだ。三日分ぐらいはあるだろう。

ビニールの袋に氷と水を入れ、口を輪ゴムで縛った。それを顔に載せて寝れば、充分に冷やせる。

「しばらく、寝ようぜ。あとのことは、それから考えりゃいい。酒はあるが、いまのところやめといた方がいいな」

蒲団を横にした。それで、なんとか寝られる。毛布と掛け蒲団。一枚ずつ分ければいい。

カップラーメンをひとつ腹に流しこんでから、安彦は横たわった。車の中でサンドイッチを食ったからなのか、敬二は水だけ飲んだ。安彦が横たわると、敬二もビニール袋を顔に当てて横たわった。

音楽でも欲しいところだ。すぐには眠れない、という気がする。起きあがるのが面倒だった。いつの間にか、眠りに落ちていた。

眠っていたことに気づいて、顔を横にむけた。敬二は、天井を見て眼を開いていた。こめかみから、耳のあたりが濡《ぬ》れている。泣いていたようだ。安彦は目を閉じた。

今度は、ほんとうに眠れそうもなくなった。

さきに躰を起こしたのは、敬二だった。それで眼醒めたように、安彦は寝返りを打った。敬二は涙を拭《ぬぐ》っていた。

「骨折したところ、痛みはじめたろう？」

「ちょっとな。湿布が効いてるみたいだ」

「一週間は、大人しくしてることだよ」

「俺、部屋へ帰る」

「なぜ？」

「これ以上、おまえに迷惑はかけられねえ」

「本気で、言ってんのかよ、おまえ」

敬二は、ひとりでなにかやるつもりだ。眼が、そう言っていた。いままで見たこともない暗い色が湛《たた》えられているが、そう言っていることはわかった。

「もう、迷惑はかけちまったよな」

「ひとつ言っとくがな、敬二。ひとりでなにかやろうとするな。いまのおまえにゃ、ひとりじゃなにもできやしねえんだ。なにかやる時は、俺に話せ。それから、やればいい。見放したら、おまえひとりにやらせるよ。ひとりでやった方がいい、と俺が思った時もな」

「俺はな、安」

「約束しろよ」

「おまえ、そんなこと言ったって」

約束という言葉に、敬二は弱い。

「いいな」

「できねえよ」

「おまえがひとりでなにかやって、俺が黙ってそれを見てるとは思わないだろう。そうなると、かかってくる迷惑はもっと大きくなる。自分がかけられる迷惑を、俺は少しでも小さくしたいんだ。だから、約束しろ。もう、迷惑はかけてる。これ以上かけられねえために、俺になにか言う権利はあるはずだ」

安彦が言ったことを、敬二は喜んでいるはずだった。それでも意地を張る。だから、納得できそうな理屈をつけてやる。昔から、そうしてきた。安彦の方は、はじめから敬二を巻きこんでしまう。それが、お互いのやり方だった。

敬二の眼の、暗い色は消えなかった。

「約束しろ、と俺が言ったことが、いままでに何度ある？」

「そりゃ」

「俺が、言ってんだよ」

しばらく、敬二は自分の手に眼を落としていた。腫れはかなりひいているが、色は青っぽくなっていた。

「わかった」

「約束、したぜ」

敬二が頷いた。

「じゃ、しばらくはここにいろ。おまえの部屋が安全かどうか、俺が確かめる。危《やば》いことはしやしねえさ。大丈夫だ」

敬二はうつむいていた。安彦が知っている敬二とは、どこか違う。

あまり、気にしないことにした。高校生のころとは違う。やくざ三人にぶちのめされて、三日間身動きもできなかった時にも、軽口だけは叩いていた、突っ張りのガキではないのだ。

「しばらく、野郎のことは気にするなよ、敬二。逃げ隠れするとも思えねえし。おまえがなんかやる気なら、肋骨が繋がってからにしろ」

なぜ泣いていたのだろう、と安彦は思った。相手は四人なのだ。ぶちのめされたからといって、恥にはならない。

敬二が泣いた場面を、一度だけ見たことがある。中学三年の時、国語の教師が急死した。現役の教師だったので、生徒たちは葬式に引っ張り出された。そこで、敬二が大声をあげて泣きはじめたのだ。全身がふるえていた。

その教師には、大きな借りがある、と敬二は言っていたことがあった。借りを返す前に、死んでしまったのだろう。そう思っただけで、借りがなにかは訊かなかった。もともと、安彦はその教師が好きではなかった。

「出かけてくる。食いもんはあるし、なにかあった時の金を五千円渡しておく」

「どこへ？」

「俺にだって、用事はあるさ。ずっとおまえとここで顔を突き合わせてることもないし」

かすかに、敬二は頷いた。

外に出たが、どこに行くという当てがあるわけではなかった。

車の燃料が、底をつきかけている。スタンドに入り、二十リットルだけ入れた。

大学へ行こうという気は起きてこない。由美子に会おうとも思わない。しばらく路肩に停めた車の中でぼんやりしていた。いつの間にか、正午を回っている。少し車を動かし、弁当屋を見つけてひとつ買った。敬二は、ちゃんと昼めしを食っているか。一瞬、考えただけだった。

やることがなくなった。なにをやればいいか、ほんとうははじめからわかっている、という気がした。

時計を見、路肩に車を駐めると、しばらく歩いてパチンコ屋に入った。

千円札二枚。使うのはそれだけと決めた。二千円ならば、なくなる時は十分でなくなるが、玉を出せる可能性もいくらかはある。そして、いまの安彦の財布に、大きく響くこともない。

台にむかった。二台目が、出たり出なかったりの台で、三十分ほど続けた。立とうと思った時、ヒットした。続けざまに玉が出はじめ、店員が大きな箱を持ってきた。出るところまで、出した。

四万二千円になった。

車に戻り、シートを倒してしばらく寝そべっていた。うとうととしたようだ。

窓ガラスをノックされた。婦人警官だった。駐車違反の取締をやっているようだ。二十メートルほど先で、レッカー移動されている車がいる。

ついていた。パチンコで当たり、駐車違反にはひっかからずに済んでいる。

「ひどく眠くなったものですから。すぐに移動します」

言うと、婦人警官が頷いた。面倒だったのか、車検証を見せろとも免許証を見せろとも言わなかった。安彦は、エンジンをかけ、車を出した。

迷う道ではなかった。

五反田に店を持っているくせに、川崎の新興住宅街のアパートに住んでいる。まわりの住人がいなくなって、もう八ヵ月経つと聞いて、変わった男だと思ったものだ。もしかすると、いい賭場《とば》ができたとでも考えたのかもしれない。

アウディは、いなかった。ビニールを被せたバイクはある。

待った。何時間でも、待つつもりだった。四時を少し回った時、久野の姿が見えた。まずエンジンをかけ、それからヘルメットを被っている。安彦は、ちょっと車を動かした。

二、三度空ぶかしをし、バイクは走り出した気配だった。

久野がやってくる道に、真直《まっす》ぐに車を出した。バイクでも、通り抜ける余地はない。バイクが、車のそばまで来て停った。安彦は、車から降りていった。ちょっと手首を動かし、膝《ひざ》をのばしては縮めた。場合によっては、殴り合いになるだろう。

「おまえか、新井」

ヘルメットの風防をあげながら、久野が言う。

「山口を逃がしたの、おまえだったのか。ひとりで逃げられるはずはねえと思ってた」

「これから、あいつをどうする気だよ？」

「コンクリート詰めで海に沈められなかっただけ、ましだと思いな」

「もう、関係ねえってことか？」

「あるさ。野郎の革ジャンは、俺のとこだ。ポケットの中身もな」

「じゃ、返してくれ」

「いつ」

「いま、すぐにさ」

「俺のダチが、部屋で寝てる」

「ずっと見てたが、誰もいなかった。車もなくなってる。返して貰うぜ、いま」

「おまえな、それまずいんじゃねえのか。このまんまじゃ済まねえぞ」

「あんただって、まずいよ。敬二は、いかさまのケリはつける気だ。松山はそれさ。いまのところ、あんたは無事だ」

「脅《おど》してんのか、おまえ」

「とにかく、今日のところは、敬二から剝《は》ぎ取った服を返してくれ」

「いやだよ」

久野が言った瞬間、安彦は跳躍していた。久野が、上体を沈める。そこまで、安彦は読んでいた。左脚で着地し、右脚を横に薙《な》ぐ。路肩まで、久野は吹っ飛んでうずくまった。

「いつもは、あんまり乱暴はしないんだ」

「てめえっ」

呻くように言った久野の、右腕の関節をとった。筋肉。触れてみればわかる。鍛えたことなどない躰だ。

「俺が、折ってやろうか、久野さん」

「待て。待てよ、新井」

「待てないね。あんたの部屋のキーは？」

「ズボンの右の」

言うと同時に、安彦は手を突っこんでいた。キーがあった。関節を放すと、久野は顔をしかめ、肘《ひじ》をさすった。

「俺が、車で先に行く。あんたは、後ろから来いよ。俺が、ひとりであんたの部屋に入るのは、不安だろうからな。追い越そうと思うなよ。その時は、車をぶっつける」

言って、安彦は車に乗りこんだ。ちょっとバックし、車を久野のアパートの方にむけた。

久野は、バイクのそばに立ち尽している。

しばらくして、バイクが追いかけてきた。抜こうとはしない。

アパートの前。階段を駈けあがり、久野の部屋のロックを解いた。

ひどい散らかりようだった。ただ、敬二の革ジャンパーはすぐに見つかった。ハンガーで、壁に吊《つる》してあったのだ。ジーンズも靴も置いてある。テレビの上には、免許証や財布やキーなど、ポケットのものがひとまとめにしてあった。財布には四万三千円と小銭だ。

気づくと、久野が後ろに立っていた。

「あんた、敬二の革ジャンも自分で着るつもりだったようだな」

革ジャンにジーンズに靴。そのひと揃《そろ》いを、敬二は去年の暮のボーナスで買ったのだ。革ジャンは十二万もした。背広の一着も持っていないくせに、そんなものを欲しがる。買う時は、安彦も付き合わされたのだ。今年の夏のボーナスではバイクで、頭金とチューンアップの費用を出したはずだ。

「人のバイク乗って、人の革ジャン着て、恥しくないのかよ」

久野の表情は強張《こわば》っていた。安彦が革ジャンを抱えると、久野はちょっと惜しそうな表情をした。

「あんた、そんなに金に困ってるようにゃ見えねえけどな。博奕で、みんな使っちまうのかよ」

久野の店の勘定が、格別高いわけではなかった。店では、ごく普通のバーテンだ。時には、客にトランプの手品などもやってみせる。

「敬二だけを、目の敵《かたき》にしてるような感じがするよな」

久野は、なにも言わない。靴とジーンズも抱えて、安彦は部屋を出た。キーは久野に渡す。バイクをどうするかは、敬二が決めるべきだという気がした。なんであろうと、博奕の負けの形《かた》なのだ。

久野が先に、ヘルメットを被り、バイクに跨がった。

「飲みに来い、と山口に言っといてくれ。女装して来たけりゃ、それでもいいってな」

「なんだと」

「俺のダチが、そっちの方が好きでよ。一度抜かれると、好きになるかもしれねえだろう、すげえ声あげたっていうからな、山口は」

なにか言い返そうとした時、久野のバイクは走り去った。

革ジャンパーやジーンズや靴を、助手席に叩きこんだ。聞えてくる。叫び声。闇を切り裂くようで、長く尾を曳いた。

安彦は頭を振り、ハンドルを摑むとスロットルを踏みこんだ。エンジンだけが、異様な音をあげた。

パーキングのレンジのまま、スロットルを踏んでいた。

5

暗くなった。部屋へ帰ろうと思ったが、どうしてもできなかった。時々、頭にかっと血が昇ってくる。そのたびに、自分で頭を小突いた。敬二のことだから、頭に血が昇るのだと思った。自分のことだったら、落ちこむか、消えてしまいたいと思うかだろう。

いつの間にか、五反田の『ナオミ』の近くまで行っていた。なにをどうするというつもりもなく、安彦は『ナオミ』の人の出入りを見張りはじめた。

それほど繁盛してはいない。時々人が入っていき、出てくる。店の中は、いつも四、五人の客がいるだけだろう。

ぼんやりしていた。時々頭に血が昇って顔が熱くなる以外、フロントグラスのむこうを、ただぼんやりと見ていた。

紺色のアウディが店の前に停った時も、すぐには反応は起きなかった。車が停った、と思っただけだ。あの車。そう思ったのは数秒後で、小肥りの男の姿を見た時、また頭にかっと血が昇ってきた。

入っていった時はひとりだったが、出てきた時は若い男が一緒だった。入って三十分ぐらいのものだ。

若い男の方が、運転した。安彦は、そのまま車を出し、アウディに付いていった。車は、白金方面へむかっていく。ローンOKという看板が出た、中古車屋の前に停った。小肥りの男が降り、若い男は駐車スペースらしいところに、バックで車を入れ、追うようにして事務所に入っていった。

有限会社小森商会というのが、会社の名前だった。

そこで、一時間ほど安彦は待った。

若い男が、ひとりで出てきた。駅の方へ歩いていく。安彦は、車をUターンさせた。男を追い越し、そこで待った。車を降りる。ガードレールを跨ぐ。躰が、動きはじめていた。走りはじめた安彦の姿に、男はようやく気づいたようだった。それでも、特に警戒したような素ぶりは見せなかった。

擦れ違いざまに、安彦は上体をひねり、肘を突き出した。仰むけに男が倒れた。抱き起こしても、なにが起きたかわからない様子だった。肘は、顎《あご》にまともに入っている。頭が朦朧《もうろう》とした状態であることは、経験上わかった。それでも、せいぜい五分だ。

「こっちへ」

男の脇を支えるようにして歩かせ、安彦は車のそばまで行った。助手席に男を乗せる。すぐに車を出した。

「あんたは？」

しばらく走ったところで、男が言った。

「済みません。病院、もうすぐです」

「病院だって」

「俺とぶつかって、頭打ったんですから」

男は、ぼんやりと前方を見、視線を安彦に戻した。

「俺は、どうしたんだよ？」

「ぶつかったんですよ。憶えてないんですか。救急車呼ぶより病院に運んだ方がいいってんで、通行人の人たちがみんなで担ぎこんで、いまむかってるとこです」

「俺は、気絶したのかよ」

「多分。だけど、眼を醒ましてくれてよかった。ひっくり返って白眼剝《む》いちまった時は、どうなるかと思いました。ぶつかったの、俺ですからね。責任ありますから」

「それで?」

「いろいろ、話はあるでしょうけど、一応診察を受けてからってことにしましょう。心配ですよ。白眼剝いたの、普通じゃなかったし、頭ぶっつけた時は、いやな音がしたし」

「頭は、ぼっとしているが、痛くはない」

「それが心配ですよ。あんな音がしたのに、痛くないなんて」

男は、鍛えた躰をしていなかった。脇を支えるようにして歩いたから、それはよくわかる。刃物などを持っていたら面倒だと思って、一応服も探っていたが、それはなかった。

男は、スーツの内ポケットに手を突っこんだ。財布がなくなっていないか、とっさに調べたようだ。

「俺、ほんとに気絶してたのか?」

「死んだんじゃなくて、よかったですよ。なにしろ、ちょっとぶつかっただけで、仰むけに倒れて、白眼剝いちまったんですから」

「ちょっとぶつかっただけだと?」

「済みません。俺、走ってましたから、思った以上に強かったかもしれません」

「当たり前だ。気絶したんだろうが。半端なぶつかり方じゃなかったはずだ。きっちり、始末はつけて貰うぞ」

「とにかく、診察を受けてくださいよ。その方がいいですよ。後遺症なんか出ると怕《こわ》いですから」

「わかったよ。首が痛てえ。さっきから、おかしいと思ってたんだが、こりゃムチ打ちってやつだな」

車は、白金を過ぎ、古川橋にさしかかっていた。

「どこの病院だよ、おい」

「そこの」

安彦はちょっと考え、知っている大学病院の名前を言った。場所ははっきりとはわからないが、このあたりのはずだ。男も、名前だけはなんとなく知っている、という感じだった。古川橋を左に曲がった。高速道路の下の小さな公園。人影はないようだ。迷わなかった。ブレーキを踏み、車が停った時は、男の脇腹に正拳《せいけん》を打ちこんでいた。

助手席の方へ回って、男の躰を引き摺《ず》り出す。男は、その時ようやく息が吸えたようだった。荒い呼吸をくり返している。担ぐようにして、公園に引きこんだ。股間《こかん》を蹴りあげ、首筋に肘を打ちこむ。それから抱きあげ、ベンチに座らせた。

安彦は、煙草に火をつけた。公園の外の通りでは、ひとしきり車の音が激しくなり、ぴたりと止まる。つまり信号で車は動いたり停ったりしているのだと、当たり前のことを安彦はぼんやり考えた。

男は、安彦が煙草を一本吸い終えたころ、ようやく呻きをあげた。眼を薄く開く。安彦は、男の頬を拳《こぶし》で軽く叩いた。誰か見ていたとしても、酔っ払いを介抱しているようにしか思えないだろう。

男は、額に汗の粒をびっしりと浮かべていた。息は苦しそうだが、下腹も痛むのか、腹を押さえた恰好で前かがみになった。安彦は、男のポケットのものを探り出した。小森商会の社員の名刺、定期券、クレジットカード、アドレス帳、手帳。街灯の下で、それをひとつずつ読んでいった。

「おまえ」

呻きに近い。男の名は清水だった。一昨日、三時に『ナオミ』と手帳には書かれている。そこから、敬二を捜しはじめたということだろう。

「一緒にいたやつが、小森か?」

「おまえ、なにか恨みでも」

「いろいろと、小森商会は恨みを買ってるってわけか。だろうな」

「どうする気だ?」

「おまえを、ぶっ殺す」

「威《おど》しを、並べんじゃねえ」

「威しと思いたきゃ、思うさ。おまえとさっきまで一緒にいたのが、小森だな。威しと思おうとなんと思おうと勝手だが、訊かれたことには答えた方がいい」

「社長に、恨みがあるのか？」

安彦は、清水の手をとり、指を一本摑んで逆に反らした。清水が、呻き声をあげる。

「おまえに、質問されたくはないんだ」

「社長だよ、社長」

「名前を訊いてるんだ」

「小森洋一」

「博奕はやるのか？」

「やるよ」

「仲間は？」

「バーの経営者とか、不動産屋とか、米屋とか」

小森の住所と電話番号は、アドレス帳にあった。松山のものもある。

「どこで、博奕をやるんだよ？」

「五反田の『ナオミ』ってバーとか、川崎の方のアパートとか。アパートは、取壊される前で、誰も住んでねえ」

安彦は、握っていた清水の指を放した。清水が大きく息をつく。

「負けを払わねえやつは、どうする?」

「フクロだ。半殺しにされる」

「いかさまは?」

「殺す」

「殺したことは?」

「ねえよ。いかさまをやろうってやつは、いねえ」

腕を組んだ男と女が通った。酔っ払いが休んでいる、としか思わなかったようだ。顔をそむけるようにして通り過ぎていく。

安彦は、自分がなにをやっているのかわからなくなった。博奕のことを、いくら訊き出しても、どうしようもない。敬二をどうしたかなど、はじめから聞きたくもない。

肚《はら》の中に、なにか溜《たま》っている。どうしようもなく、重いという感じで溜っていて、いつまでも消えていかない。それだけなのだ。

「久野の野郎、いつも汚ねえよな」

清水は、なにも言おうとしない。拳を、清水の脇腹に叩きこんだ。呻き、背を丸くし、清水は足もとになにか吐き出した。

「おまえのとこの社長も、汚ねえだろう」

「レートが」

清水が、言いかけて呼吸を詰まらせた。また、足もとになにか吐いた。かすかに湯気があがっているのが、街灯の光の中でわかった。匂いも漂いはじめている。

「レートが高い時、マスターと組んできわどいことはやる」

「どんなふうな？」

「わからねえ。話で、そう思うだけだ」

「おまえは？」

「俺は、高いレートの時は、入らねえ。入れて貰えねえんだ」

「わかったよ」

安彦は、アドレス帳を残して、清水の持物をポケットに返した。

腰をあげる。昨夜から、肚の中に溜っているもの。やはり消えない。ベンチでうずくまるようにしていた清水が、顔だけあげた。躰が動いていた。回し蹴り。耳のあたりにまともに入り、清水はベンチから吹っ飛んだ。

躰をのたうたせ、低い呻きをあげながら背中を丸める清水を、安彦はただ立って見ていた。しばらくして、蹴りあげる。三度、四度と蹴りあげる。蹴るたびに、丸まっていた清水の躰はのびて、両腕を投げ出した恰好で仰むけになった。蹴っても、もう動かなかった。

立ったまま、安彦はじっと清水を見降ろしていた。清水の頰が、かすかに痙攣《けいれん》した。眼が開く。ぼんやりと、安彦を見あげてきた。

「助けてくれよお」

呟くように言い、清水が眼から涙をこぼしはじめた。それは、街灯の明りを照り返して硬い光を放っていた。

不意に、安彦は気持が冷えていくのを感じた。肚に溜ったものだ、消えたわけではない。ただ、熱くはなくなった。

「雑魚《ざこ》野郎」

呟いた。歩きはじめていた。車に戻り、エンジンをかけ、それから煙草に火をつけた。しばらく走ってから、灰が膝《ひざ》に落ちていることに気づいた。手で払った。どうせ小林の車だ。それに、もともとゴミだらけだった。

アパートに少しずつ近づいてきた。気分が重たくなってくる。敬二と顔を合わせるのがいやなのだ、とようやく気づいた。弁当屋で、弁当をひとつ買う。腹が減っている。すぐに食いはしなかった。包みのまま助手席に置き、しばらく眺めていて、また車を出した。

アパートに着いていた。

まるで土産でも買ったように、弁当をぶらさげて部屋に入った。

敬二は、蒲団の中で眠っていた。眼を閉じているだけかと思ったが、軽い寝息が聞えている。

シャワーを使い、下着を替えて出てくると、敬二は蒲団の上に座っていた。

「起こしちまったか？」

「ずっと、眠れなかった。寝返りを打つと痛いしよ。三時ごろから、眠っちまったみてえだ。ぐっすり眠った」

「腹は？」

「減ってる。なんか食いに出ねえか」

「弁当、買ってきたからよ」

冷蔵庫から、ビールを二本出した。

敬二が、弁当を貪《むさぼ》りはじめる。腹が鳴った。俺も食ってない、と言おうとしたが、言葉は出てこなかった。なぜ、弁当を二つ買わなかったのか、考えただけだ。

「おまえ」

口の中をめしでいっぱいにしながら、敬二が言った。眼はそっぽをむいている。

「俺が、なんで久野のアパートに連れていかれたとわかったんだ？」

安彦は、ビールを呷《あお》った。腹が減っていることを、一瞬忘れた。

「俺、『ハルマッタン』で飲んでたんだ。そしたら、久野が俺を捜しに来たとマスターが教えてくれた。久野が、俺を探す理由はねえよな。おまえを探してたんだと、ピンときたさ。

二、三人いたって話だったが、あんまり気にしなかった。『ハルマッタン』まで捜しに来るようじゃ、どこを探しても見つからねえんだろうと思ったからよ」
「来たじゃねえか」

敬二は、海老《えび》フライを尻尾まで口に入れた。ぶっ飛ばしてやりたい、という気分が襲ってくる。海老フライを食ったからなのか。訊かれたくないことを訊いているからなのか、よくわからなかった。

「麻雀やっててよ。メンバーのひとりから車借りられることになってよ。夜中になったら、それで、行ってみようかって気になった。久野の部屋に明りがついてて、ちょうど久野が出てくるところだったんだ」

「野郎が、出てきたのか?」

「ああ。だけど、ひとりじゃねえと思った。車があったからよ。バイクだけなら、俺はその時、久野をとっ捕まえて訊いたさ。なんで俺を捜したんだってな」

「それで?」

敬二は、めしに余ったソースをしみこませている。最後のひと粒まで、ひとりで食ってしまう気のようだ。

「久野は、懐中電灯を持って、隣の部屋に入っていった。なんか、蹴っ飛ばすような音が聞えて、久野はすぐに出てきた。その時は、おまえが閉じこめられている、と思ったね。間違いねえと思った」

「ふうん」

「入ったら、おまえはあのざまさ。逃げられねえように、服も脱がしちまってる。細紐で縛られて、首にもロープが巻かれてた。ひどくやられたってのは、見ただけでわかった」

「そうか」

弁当は、空になっていた。

喋りたくないことを、なんとか避けて通れた、と安彦は思った。

「おまえ、運がよかった。久野が『ハルマッタン』に捜しに来たり、車を借りられなかったら、気にしながら、俺は行かなかったかもしれねえ」

「礼は、言っとこう」

「気にはしてた。久野が捜していると教えとこうと思って、会社に電話もした。無断欠勤だと、主任は言ったしよ」

「わかったよ。散々っぱら、心配をかけちまったわけだろう」

「心配はしてた。松山って野郎を、あんな目に遭わせたし」

「あんな目って？」

「針金で縛りあげて、資材倉庫に何時間も転がしてたんだろう。あの手、元に戻ったかどうかわからねえぞ」

「あれぐらい」

あとで両腕を折った。それは知らないことにしておこう、と安彦は思った。

空腹は、ビールで誤魔化《ごまか》すことにした。二本目のプルトップを引く。それを飲み干すと、蒲団に横たわった。

「助かった」

敬二が言った。

「おまえが来てくれなきゃ、俺は殺されてたかもしれねえ」

言った敬二の眼は、やはり暗かった。

第三章

1

敬二は、会社を二日休んだだけだった。

最初の一日は、久野のアパートでぶん殴られていたのだ。いくらなんでも無理だろうと安彦は言ったが、会社に出ないことの方を敬二はつらいと感じているようだった。

安彦も一緒に行った。この際、またアルバイトをしようと考えたのだ。敬二を見張っていられるし、一石二鳥だった。

「山口は、まだ二、三日は思うように躰《からだ》を動かせないだろう。現場での補佐は、君がしてやってくれ」

現場監督にもなる主任が、会社を出る時にそう言った。すでに日雇いの十六人は集まっていて、すぐにワゴン車二台に分乗した。外国人が十一人いる。みんな若い。自分と較《くら》べて日本人は中年の男ばかりで、いかにも頼りなかった。酒の匂《にお》いをさせている男もいる。

現場は、池袋のビル工事だった。地上は何階か知らないが、地下一階になっていて、その基礎を造るのが仕事だった。
五、六人ずつ三班に分かれ、それを敬二が指図する。主任は、機械を操作する別の班の指揮だった。工事そのものは建設会社がやっていて、つまりは下請けというやつだ。
掘った土を運び出す。それだけで、一週間はかかりそうな気がした。パワーシャベルが二台動いている。

「指図だけしてろ、おまえ」

「わかってる。外国人は働きそうだが、日本人がな」

日本人だけ、ひとつの班にした。残りの二班の仕事の指示は、安彦が出していく。外国人のメンバーは明日からも変わらないという感じだが、日本人の方は当てにならない。

パワーシャベルが掘り出した土は、ダンプで運び出されていく。難しい仕事ではなく、パワーシャベルで掬《すく》いきれないところを、人間の手でなんとかしていくだけだ。

外国人の班の方が、ずっと仕事が早かった。一日が終ると、それは眼ではっきりと確かめることができる。敬二が、ブツブツと作業員に文句を言っていた。

「若造に、つべこべ言われたくはねえな」

中年のひとりが言った。一番躰を動かしていなかった男だ。離れたところから安彦が見ていても、思わず怒鳴ってやりたいぐらいだった。

「俺にゃ、経験ってやつがあるんだ。若造とは違う。効率よく動いてんのさ」

「とにかく、そんなんじゃ、明日からは使えないね」

「もう一遍言ってみなよ、兄《あん》ちゃん。俺はいろんな現場で、こうやってきたんだ。誰も文句は言わなかった。明日の分も払ってくれると言うなら、やめてやってもいいけどよ」

「躰が動かねえなら、別の仕事を捜しなよ、おっさん」

日本人の作業員が、ちょっと殺気立った。外国人は黙って成行《なりゆき》を見ている。

「てめえみてえな若造に、なにがわかるってんだよ。掘った穴、埋め直してやろうか」

「埋めたきゃ埋めろ。俺は、仕事をするやつに来て貰《もら》いたいだけだ」

「顔に痣《あざ》作ってよ。生意気なことしか言わねえから、そんな目に遭うんだぜ」

「どんな目だってんだ？」

安彦は、中年の男の背後に近づいた。敬二は、喋《しゃべ》り過ぎている。日当を渡す時に、明日は来なくていいと言い、あとは取り合わなければいいのだ。

こんなことはめずらしくはなく、敬二はいつもしつこく文句を言ったりはしていない。

「腹立ってくるよな。詫《わ》び入れなよ。痣の上に、もう一個痣作ってやってもいいぜ」

「作業中に、俺は何度も言ったはずだ」

「なんか言ってたよな。はっきり言ってくれなきゃわからねえよ。ボソボソ後ろから言うだけじゃよ。オカマにでも口説かれたんじゃねえかと思うだろうが」

　敬二が、手を出していた。拳《こぶし》が、男の腹のあたりに吸いこまれていく。正拳《せいけん》を出したあと、敬二は顔をしかめ、ちょっと上体をよじった。折れた肋骨《ろっこつ》に響いたのだろう。

　うずくまった男が、躰を起こした。その背中に、安彦は体当たりを食らわせた。倒れた男を、ほかの四人が起こした。

「なんでえ、てめえは」

「俺たちだけに働かせて、なんであんたらは働かねえんだよ」

「馬鹿だな、おまえ。おまえらが、こっちに合わせりゃいいんだよ。もっと自分の労働を大事にするんだよ」

　起こされた男は、荒い息を吐いている。体当たりをした時は、肘《ひじ》も突き出していたから、見た感じよりずっとひどいはずだ。

「おまえも、バイトだろう？」

　喋っているのは、顔色の悪い眼鏡の男だった。

「安く使われてると思わないか、おまえ？」

　男の口もとが笑っている。

「こいつらの言うままに、躰動かしちゃいけねえんだよ。こいつらのために働いてるんじゃなく、自分のために働いてるんだからな。雇ってる側に立ってるやつは、上しか見ちゃいねえ。点数あげて、早いとこ出世しちまおうってのさ。それで、俺たちを利用する。搾《しぼ》れるだけ搾って、汗の一滴も出なくなっても、まだ搾ろうとする。俺たちがどうなろうと、構いはしないのさ。代りはいくらだっている、と思ってるんだよ」

「帰れよ」

「よく考えてみろ。この労働には、危険も伴っている。彼らが、危険手当てをつけているか。その一点だけでも、搾取の姿勢は見えるじゃないか」

「そうやって、俺たちを教唆《きょうさ》すんのかい」

「自覚もなく搾取されるのが、どれほど愚かか教えてやっているだけだ」

男は人差し指で、眼鏡を一度押しあげた。

「君は学生らしいから、もうちょっと詳しく話してやろう。いいか、われら労働者が」

「うるせえんだよ」

「聞く耳ぐらい持てよ」

「あんたらが、口ぐらい躰を動かしてりゃ、なんの問題もねえんだ。それだけなんだよ」

「君は、わかっていない。いや自覚していない。ほんとうはわかっているのに、何日かのアルバイトを失いたくない、という思いが君を判断停止の状態にしている」

「あんたらが、悪質だってことは、判断できるよ」

「搾取する側と闘う時は」

「うるせえんだよ」

安彦は、二歩前へ出て、その男の腰を蹴《け》りつけた。男が、うずくまる。

「外国人はみんな頭に来てるぜ。日本人だったら、仕事が楽だと思ってる。いまここで、フクロにしてやろうか、あんた」

男が躰を起こし、眼鏡をあげた。

「かわいそうな男だよ」

「消えろよ。次にゃ、俺は声をかけるぜ。外国人連中は、あんたらをフクロにしたくてうずうずしてるんだからよ」

五人が、黙って歩きはじめた。

敬二は、脇腹に拳を当てて、それを見送っていた。また敬二の喧嘩《けんか》に割り込んでしまった、と安彦は思った。ひと塊になって立っている外国人たちのところへ行き、五人が馘《くび》になったのだと安彦は説明した。全員が頷《うなず》いた。

安彦は、主任が乗っている車に、日当を受け取りにいった。

「よくやった」

主任が、札を数えながら言った。

「いい厄介払いができた。左翼がかってるのがいると、いろいろ面倒でね。といって俺なんかがなにか言い出すと、やつらは面倒を大きくする。同じバイトの君が言ってくれるのが、一番よかったんだ。山口でも、やつらは騒ぎ立てた」

　ほめられるのも違う、と安彦は思った。安い金で使われている、という気はある。だから、この会社のアルバイトは、いつも最後の手段にしているのだ。

　頭だけ下げて、安彦は車を降りた。

「いい点を稼いだじゃねえか」

　現場の外の舗道で待っていた敬二が、不機嫌そうな声で言った。

「あれ以上暴力を振るえば、おまえが主任に叱《しか》られかねないからな」

「余計なお世話さ。俺は、なにがなんでもあいつをやめさせろ、と主任に言われてたんだからよ。ぶちのめしたってよかったんだ」

「そうなのか」

「主任は、見るところは見てる」

　歩きはじめた。帰りは、ワゴン車による送りはない。前方を、外国人が陽気な声をあげながら歩いていた。バングラデシュから来た三人だ。

「よくやるよな、あいつら」

「金を貯《た》めて、国へ送るんだぜ。だから、五人で四畳半で暮してたりする」

「国へ、送金か」

「必死で、働いてんだよ」

「正式に雇ってやりゃ、もうちょっとは給料が出るだろうにな」

「潜りだよ。なんだって、おまえは簡単に考えるんだ。警察に見つかりゃ、そのまま強制送還されちまう。ギリギリのところで、やつら肉体労働をしてる」

ビザが切れているということだろう、と安彦は思った。そうでもよかった。やつらにはやつらの生活があり、それはいくら一緒に働こうと、安彦にはわからない。

「やつらに、夕めしでも奢《おご》ってやったらどうだ？」

「なんで？」

「本雇いにしろなんて、気楽なこと言ってるからさ。同情するより、一回めしを奢ってやった方が、やつらずっと喜ぶ」

「機嫌悪いなおまえ」

「そうかな」

敬二が、煙草《たばこ》に火をつけた。擦れ違う人間で、敬二の顔の痣にちらりと眼をやるのはひとりや二人ではなかった。それでも、じっと見つめるやつはいない。すぐに眼を伏せてしまうのだ。

「腹が減った」

「俺もだ。やつらに奢ろうなんて、慈悲深い気分にゃなれねえけどな」

「焼肉を、食おうか」

「いいね。カルビを三人前ぐらい食っちまいたい。それからタン塩。ビビンバとキムチ。それぐらいでいいかな」

「あいつらを、焼肉屋へ連れていってみな。カルビ一人前と大盛のライス。それだけで終りさ。つつましいもんだ。奢ってやると、泣くようにして喜ぶ」

そう言うぐらいだから、敬二は何度か奢ったことがあるのだろう、と安彦は思った。

「バングラデシュか」

「遠いよ。俺たちにゃ想像もできねえ」

「想像ぐらい、できるさ。一番右のやつにゃ、両親のほかに弟がいる。こんな具合にな。想像ならいつでもできら」

「そりゃ、ただ想像することならな」

駅が近づいてきた。

安彦は、焼肉屋の看板を捜しはじめた。

2

四日目になった。

アルバイトをしていると、金を使う時間もなかった。敬二は安彦の部屋から現場へ出ていく。自分の部屋に帰っていいと、安彦がまだ認めていないからだ。

躰は、かなり動くようになった。一緒に部屋で寝ていると、それがよくわかる。寝返りも打たなかったのが、いまは夜中に躰がぶつかることもある。痣は濃くなったが、それは消えていく前兆だった。刃物で浅く切られた傷は、すでにかさぶたさえ取れそうになっている。

金曜日だった。夕方から雨が降りはじめ、濡《ぬ》れながら工事を続けた。本降りになったのは六時過ぎで、安彦は敬二と一緒にまず部屋へ戻ると、風呂に入り、スニーカーの泥を落として洗った。敬二も、革の作業靴の泥を落としている。

明日は、休みだった。夜中から明日の午前中まで本格的な雨で、地面を掘る工事など、池の浚渫《しゅんせつ》と同じになってしまうからだ。

「おまえの部屋、ストーブもねえんだよな」

一応泥を落とした作業着を、ビニール袋に突っこみながら敬二が言う。押入れの中に、温風ヒーターはある。それを出すには、季節がまだ早過ぎるという気がした。

「洗濯して、めし食って、それから飲みに行こう」

安彦は、腰をあげた。ひどく腹が減っている。

安彦は別の靴を履き、敬二はサンダルをひっかけた。久野が、また敬二を連れていくかもしれない、と安彦は思っていたが、そんなことはないだろう、と敬二は言い続けていた。安彦は、小森商会の清水という社員を殴ったことが、気持にひっかかっているのだった。

「俺がなにかやるんじゃねえかと、そんなに気になるなら、おまえが俺の部屋にいりゃいいじゃねえか。広いし、冷蔵庫もでかいし、テレビも暖房機もある」

「そして、久野が場所を知ってる。やつら、半端じゃねえぞ。おまえの監禁の仕方だって、殺してもいいって感じだった」

コインランドリーに、ほかに人影はない。作業用の服のほかに、もう一台使って下着やシャツを洗っていた。

「待てるだろう、もうちょっと」

「だから、いつまでだよ」

「やつらが、なにもしねえってことがわかるまでだ」

「おまえは、ほんとは俺がなにかやると思ってる。約束したじゃねえかよ」

「まあな」

「それでも信用しねえってわけじゃねえだろう?」

「だから、あとはやつらの出方なんだよ。それがわかりゃ、普段通りの日になる」

安彦は、下着やシャツの方を、乾燥機に放りこんだ。ジーンズやジャンパーは、念を入れてもう一度洗った方がよさそうだった。

「俺、松山の野郎を、もう一度やったんだ。腕を折ってやった。だから、俺をああいう目に遭わせる理由が、久野にはあったんだ」

煙草の煙を吐きながら、敬二が言った。

「なぜ?」

「やっぱり、我慢できなかった」

いかさまを許す気には、自分もならないだろう、と安彦は思った。あの時、なぜすぐにそう思わなかったのか。敬二の性格は、知り尽しているつもりだった。

「魔がさすってのは、確かにあるよな」

「そういうことさ」

松山の腕を折ったことを、魔がさしたからと言ったと、敬二は思ったようだった。これ以上なにも起こらないだろう、となんとなく思ってしまった。それを、魔がさしたと安彦は言ったつもりだった。

敬二は、サンダルを突っかけた裸足の足を、何度か指さきで揉《も》んだ。濡れて、冷たくなってしまったのだろう。靴下を貸してやればよかった、と安彦は思った。

「めし、なにを食おうか?」

敬二の方が、話題を変えてきた。

「ステーキ」

「あそこか?」

輸入牛で、安いステーキを食わせる店がある。鉄板焼で、ニンニクがたっぷり載っていた。いくら安いと言っても、贅沢《ぜいたく》ではある。二ヵ月に一度、行くぐらいだ。

仕事は、うまくいっていた。外国人作業員のメンバーはそれほど変わらなかったが、日本人の顔は毎日変わった。最初の日のように、面倒な連中ではなさそうだったので、外国人の班の中にひとりふたりと敬二は入れていた。

洗濯を終えると、ステーキ屋まで車を走らせた。小林に返すまでに、まだ四日ほどはあった。

めしを食う時は、敬二も安彦もほとんど喋らない。あっという間に食ってしまうと、大学の友人たちの間では評判が悪かった。喋るのは、食い終ってからだ。

下北沢に、車をむけた。

「俺、おふくろの子供じゃねえみたいだ」

敬二が、呟《つぶや》くように言った。ワイパーが、ひどい音を立てている。ブレードがすっかり擦り減ってしまっているのだ。

「ガキのころから、なんとなくおかしいと思ってたが、それがわかってよ」

「いつ？」

「高二の時だ。耳うちしてくるやつがいてさ。兄貴は、なにも言わねえけど」

敬二が、大学に行くのをやめると決めた時期と一致していた。

「親父《おやじ》が、外でなにかやりやがったのさ。籍なんか、ちゃんと親父とおふくろの子供になってるけどな」

「親父さんに、ちゃんと訊《き》いてみたのかよ？」

「いや」

「どうして？」

「どうでもいいんだ。おふくろに継子《ままこ》扱いされたわけじゃねえし」

「嘘《うそ》だよ、おまえ、それ」

「まあ、証拠があるわけじゃねえし。だけど、多分そうだろうと思う。俺が知ったことを、親父も気づいたな」

「なんで、いまごろ俺に言う気になった？」

「いつ言おうか、迷ってた。これまでも、何度か言おうとしたことはあったんだよ」

実家の土建会社に帰らず、いまの会社にずっといようと敬二が考えている理由が、これでわかった。東京へ出てきてから、一度も帰省してもいない。

「なにがどうだろうと、おまえはおまえだろう」

「どういう意味だよ？」

こんな話は、やめにしないか、と口に出かかったが、言えなかった。煙草に火をつけただけだ。ワイパーが、相変わらず音をたてている。

「おまえに言わねえのが、気になってよ。高二の時から、ずっと気にしてた」

別に言う必要もないことだ。それも、口から出なかった。

「おふくろ、いまでもいろいろと送ってくる。下着とかセーターとか、食い物とか」

「ありがたいじゃねえかよ」

月並みなことしか、安彦は言えなかった。光が濡れている。なんとなく、そう思った。フロントグラスのむこうは、相変わらずの雨だ。たとえやんでも、これでは明日の仕事は無理だろう、と安彦は思った。

「俺が家に帰ったら、困るのはおふくろだろうと思う」

どういう意味で敬二が言っているのか、安彦は深く考えなかった。兄貴が、それを知っているのかどうかも、訊かなかった。どうにもならないことを、いつまでも喋っていても仕方がない。

「飲もうぜ」

「おまえ、運転しなきゃなんねえんだぞ」

「こんな日に、取締なんかやってると思うかよ。お巡りだって、人間だぜ」

「まあな。取締の方は大丈夫だろうけど」

下北沢が、遠かった。そんな気がした。

ようやく、『ハルマッタン』の看板の明りが見えてきた。安彦は、まず敬二を降ろし、壁にぴったりと寄せて車を停《と》めた。

雨のせいか、客はひとりもいなかった。尾崎が、眼鏡をかけて新聞を読んでいた。尾崎の眼鏡は、はじめて見た。老眼鏡だろう。

「マスター、あれを飲んじまいたいんだけど。ボウモアを」

黙って、尾崎はボウモアのボトルを出した。BGMが低く流れている。

「オン・ザ・ロック」

尾崎は、敬二に眼をむけた。敬二は、黙って頷いた。ロックグラスが二つカウンターに出され、氷が放りこまれた。

「久しぶりだな」

ひと口飲んだところで、尾崎が敬二に言った。敬二は、ちょっと頭を下げた。

「いい顔をしているじゃないか」

「からかわないでくださいよ、マスター」

「顔の痣はすぐ消えるが」

口もとだけで笑って、尾崎が突き出しを置いた。

「女の奪い合いでもした、と思ってんでしょう」

「そんな顔にされてもいい、と思うような女がいたのか？」

「いいねえなあ。いい女にゃ、大抵男がついてますよ」

「そこに手を出すから、殴り合いになるんだろうが」

安彦は、ボウモアのボトルを見ていた。しばらく会っていない、由美子の顔が浮かんだ。ボウモアは、由美子のための酒だ。しかし、飲んでしまいたかった。

「マスター、一杯やりますか？」

「ほう、新井から奢って貰えるのか。いいね。俺も、オン・ザ・ロックだ。こいつは、ソーダで割ってもなかなかのもんだが」

尾崎が、自分のオン・ザ・ロックを作った。氷を入れてから、酒を注ぐ。水やソーダで割る時も、同じ手順だ。オン・ザ・ロックに水を足せば、水割りになる。

そんなことも、東京に来てから覚えたことだった。茨城にいる時は、大抵ビールを飲んでいた。

「この酒」

敬二が、一杯空けてから言った。

「うまいか、山口？」

「知らない味ですよ。うまいかどうかはわからないけど」

「モルトのスコッチでな。新井が、女のためにキープした」

キープしたと言っても、尾崎に貰ったようなものだった。

安彦は、グラスを振って氷を鳴らした。氷は、溶けかかって表面が滑らかになっている。あまり振ると、水っぽいオン・ザ・ロックになりそうだった。

「俺が二十歳そこそこのころは、こんなものは日本に入っていなかったな」

「マスター、何歳ぐらいで酒はじめました？」

敬二が、煙草に火をつけて言った。

「かっきり、二十歳だな。誕生日に、自分で日本酒を買って飲んだ」

「俺ら、十六の時からですよ。飲んでみようと言い出したの、こいつでね」

「おまえの家の焼肉パーティでビール飲んだのが、最初だろうが」

十五の時だ。オレンジジュースと麦のジュースとどっちがいい、と敬二の兄貴に言われた。

「酒はゆっくり飲め、山口。急いで飲むもんじゃない」

二杯目のオン・ザ・ロックを空けた敬二に、尾崎が言った。

どこにでもいるおっさんだった。そうとしか見えない時が多い。そうではないのを見たことが、一度ある。三十ぐらいの男が、酔ってほかの客に絡みはじめた時だ。尾崎は、黙ってその男を外へ連れ出した。連れがいて、そいつも一緒に出ていった。尾崎は、すぐに戻ってきた。オールバックの髪が、ちょっとだけ乱れていた。

外を覗《のぞ》いてみると、二人が倒れていたのだ。二人とも、血反吐《ちへど》を吐いていた。

「よく降るな」

尾崎が言う。敬二が、三杯目のオン・ザ・ロックを空けた。ゆっくり飲めとは、もう尾崎は言わなかった。

一時間ちょっとで、三分の二は残っていたボウモアがなくなった。ほとんど、敬二が飲んだようなものだった。国産の安物をキープし直した。

「久野が、またおまえを捜しに来た」

敬二がトイレに立った時に、尾崎が小声で言った。

「殺気立って、危なそうなのを後ろに連れてた」

「入れたんですか？」

「いや」

「ちょっとあったんですよ。まあ、片はついてますから」

清水を痛めつけた。それで、今度は俺を嬲《なぶ》りものにしようというのだろう、と安彦は思った。下手をすると、敬二と同じ目に遭わされるのかもしれない。しつこい男だった。

「気をつけろ、あいつは」

「わかってます」

敬二がトイレから出てきたので、話はそこで終った。

敬二は、ストレートで飲みはじめていた。もう酔っていて、なにを言っているのかわからないことが、しばしばあった。

十時半を回ったころ、安彦は敬二を抱えて腰をあげた。

外はまだ雨で、安彦が車を壁から引き離す間、尾崎は敬二の躰を支えていてくれた。今夜の尾崎は、気味が悪いほどやさしい。

「殺してやるからな。絶対に殺す」

走りはじめると、すぐに眠った敬二が、突然眼を醒《さま》して言った。

「殺すぞ」

「誰をだ？」

「決まってるだろうが。あの野郎だ」

久野だろう、と安彦は思った。いかさまが、まだ我慢できずにいる。それに、バイクは久野が乗っている。

「寝てろよ」

「俺が言ってることが、わからねえのかよ、安」

「わかるよ。殺すんだろう」

「ああ、殺してやる。時間をかけて、くたばらしてやらあ」

敬二は、もう半分眠りかけていた。

3

草が濡れていた。

土曜には晴れそうな感じだったが、午後から降りはじめた。結局、日曜のアルバイトも中止だった。晴れていれば、土日にもやるのが土建の仕事だった。いつまでに工事を完成させるのかという取り決めも、元請けの会社としているらしい。

日曜日だった。

敬二は、自分の部屋に帰った。いつまでも一緒にいるというわけにもいかないと思い、安彦もそれを承知したのだ。

敬二が出ていくとすぐに、安彦は車を転がしてここへ来ていた。

アパートに人の気配はないような感じだが、シートがかけられたバイクはあった。ほかに誰かが来ているということはなさそうだったが、安彦は久野が出てくるのを待った。

買っておいたサンドイッチを腹につめこんでしばらくして、ようやくパジャマ姿の久野が外に出てきた。植木鉢を、二つ抱えている。それを玄関の前に出し、しばらく眺めていた。盆栽らしい、と安彦は思った。ひどい趣味だ。茨城の親父と同じだった。

久野は、三十分近く盆栽を眺めていて、それから部屋に戻った。

安彦は、アパートのそばまで歩き、鉄製の階段を昇った。

林檎《りんご》と松の盆栽で、両方とも幹は指が回らないほど太かった。林檎の方は、赤くなりかかった実を、二つほど付けている。

安彦は、両方とも幹を摑《つか》んで植木鉢から引き抜いた。小さな塊が、ぱらぱらと落ちた。それが鹿沼土《かぬまつち》と呼ばれるものであることは、親父から聞いて小学生のころから知っていた。保湿力のいい土だ、と親父は言っていたが、安彦には小石にしか見えなかった。

幹を摑んで、階段を降りる。二本とも、階段の下に放り出す。それから、安彦はアパートの壁を背にして腰を降ろした。

驚きの声が聞えたのは、それから十分ほど経《た》ってからだ。階段を駈《か》け降りてくる足音もした。それからもう一度、驚きの声がした。引き抜いた林檎と松を見つけたのだろう。踏みつけていたので、細い枝は折れてしまっている。

しゃがみこんでいる久野の背後に、安彦は立った。久野は気づかず、松を掌《てのひら》の上に載せている。

「爺臭《じじくさ》い趣味だよな、久野さん」

「てめえっ」

ふり返った久野が、立ちあがりながら声を出した。

「いやらしいって言い方もできる。そんなもんをいじくって、愉《たの》しんだりしてるやつなんて、俺は信用できねえな」

「どういうつもりだ？」

「こっちのセリフだよ、そりゃ」

「おまえ、清水を殴ったろう」

「あんたらが、山口をやったほどじゃねえ。一対一で、縛ったりもしてねえから、清水は俺とやり合えたさ」

久野は、まだパジャマを着たままだった。赤と緑と白の、派手な縞《しま》だ。

「なにしに来た？」

「よく言うよ。俺を捜してたって話じゃねえか」

「清水が、入院してる」

「だからって、なんで俺を捜してる。あんた、しつこいよ。いかさまは俺にゃ関係ないけど、しつこい。蛇みたいだよ。そこのバイクがありゃ、まだ得してるって計算になるだろう？」

「なんのつもりだ。死にてえのか」

「そんなセリフも、素手で俺を殺せるやつに言って貰いたいね。あんたみてえな腰抜けに、言われたかねえや」

「ガキが。なにやってんのか、わかってねえな」

「あんたをからかってる。いまはね。あんた、ちょっとおかしいもんな。なにしろ、林檎や松の木に話しかけてるんだから」

久野が、頭から突っこんできた。サイドステップを踏んで安彦はそれをかわし、久野の顎《あご》を狙《ねら》って蹴りつけた。足は、久野の胸のあたりに当たった。

「来いよ、蛇野郎」

久野が、また頭から突っこんでくる。横に跳びながら、肘を飛ばした。久野が吹っ飛んで、尻餅《しりもち》をついた。立ちあがるまで、安彦は待っていた。

立ちあがった久野の呼吸は、長距離走者のように乱れている。

「てめえは、馬鹿だ。俺が、どんな連中と、知り合いだと思ってる?」

「男ってのはよ」

一歩踏み出して、安彦は言った。

「てめえのことは、てめえでケリをつけるもんさ」

拳。顔と腹に打ち分けた。仰むけに倒れ、久野はしばらく起きあがらなかった。

「いかさまなんて考えるから、あとが面倒になるんだよ。全部、あんたのいかさまからはじまってるんだろうが」

久野は、立ちあがろうとしなかった。一対一では勝てないから、寝てようというわけなのか。脇腹を、蹴りつけた。二度蹴ると、久野は背を丸くした。股間《こかん》を一発蹴りつける。

久野が、呻《うめ》き声をあげた。

「じっとしてりゃ終るなんて、思うなよ。あんたは、縛りあげた人間を、一日じゅうぶん殴ってても平気なんだからな。一時間ぐらい、殴り続けられたって我慢しなきゃな」

「俺は」

「あんたが、はじめたことさ」

「待てよ、新井」

「そう言われて、あんた待ったのかよ」

敬二は、待ってくれなどとは言わなかっただろう、と安彦は思った。自分では待たないやつが、待ってくれなどと言うのだ。

安彦は煙草に火をつけ、久野のそばに腰を降ろした。

「久野さんよ、ちょっとばかり話し合いたいんだがな」

久野は、額に汗を浮かべて横たわり、眼だけ安彦にむけている。

「これ以上、俺たちに手を出すなよ。俺たちのこと、忘れちまえよ」

「わかった」

「自分が、口で言って信用されるような人間だと思ってんのかい?」

安彦は、久野を見続けていた。車どころか、人も通らない。

「どうすりゃいい?」

「書きつけにしてくれ」

「わかった」

「どうせ、紙っぺらだと思ってるね」

「もう、おまえらとは付き合いたくない。沢山だ」

「いまは、なんとでも言える。要するに、それが守れるかどうかなんだ」

「守るよ」

「保証は?」

安彦は、煙草の灰を落とした。久野が、顔をしかめながら上体を起こした。パジャマは泥だらけになっている。

「俺は」

「信用できねえんだよ、あんたのこと。俺も、山口もさ」

「なあ、新井。バイクは返したっていいんだ。山口が、負けを現金できれいにしてくれるってんならな」

「もともと、勝っちゃいねえだろう、あんた。いかさまなんだから。いまになっても、まだ勝ちにしがみつくのかよ」

「書きつけをくれ、と言ったじゃねえか」

「借用証を書くのさ。山口から百万円借りたって。つまり、あんたは山口からバイクを買ったわけさ。バイクはあんたのとこにある。山口は、借用証を持ってる。それで、取引は成立してる。警察だって、ちゃんとした取引だって認めるよ」

「バイクは、返す。おまえが乗っていってくれ」

「それでまた、おかしなのを連れてきて、バイクは取り戻すわ、俺たちはぶん殴るじゃ、あんたに有利すぎるんだよ」

「しかし」

「これは提案さ。いやならいやでいい」

安彦は煙草を捨て、靴で踏んだ。久野はサンダルをつっかけているだけで、それも片方はどこかへ飛んでいる。久野の足が、やけに白いものに見えた。

「バイクは返す。おまえらにゃ手を出さない。もう縁を切りてえよ。二人とも、無茶をやるからな」

「俺がここにいるから、あんたはそう言うのさ。いなくなった瞬間から、どうやってバイクを取り戻し、俺たちを痛めつけるか考えはじめるね。あんたは、そういう人間だ」

「なあ、新井。山口は俺がいかさまをやったと言う。俺はやってねえと言ってる。こうなりや、なにもなかったことにするしかねえだろう。俺と山口は、ポーカーなんかやらなかった。だから、なにもなかった」

はじまってしまっている。安彦はぼんやりそう考えた。はじまってしまったものを、元のところまで引き戻すことは、誰にもできない。金のことだけなら、まだ話は別だった。

「お互いに、その方がいいと思う」

額に汗を浮かべたまま、久野は媚《こ》びるように笑っていた。

「借用証、書けよ。簡単なのでいい。あんたの部屋に入ろうぜ」

「いいだろう」

久野が、下腹を押さえながら立ちあがった。

部屋には、一度だけ入った。敬二の革ジャンやジーンズを取り返しに来た時だ。あの時と較べると、きれいに片づいている。入口の台所のテーブルのところに、安彦は立った。久野が、奥の部屋から便箋《びんせん》とボールペンを持ってきた。

「まず、借用証と書くんだよ。それから金額。バイクの代金として借用したって理由も書く。バイクの型式やナンバーを間違えずに入れてな。それから名前。拇印《ぼいん》も押しとけ。三文判より、ずっといい」

「わかったよ。まず借用証だな」

久野が、椅子を引いた。次の瞬間、白い光が突き出されてきた。油断はしていなかった。横に跳び、肘を突き出した。久野の頭が後ろにのけ反り、倒れそうになって食器棚とぶつかった。ナイフを握った久野の手首。摑んだ。逆を取る。床に、ナイフが落ちた。

「やっぱり、信用できる玉じゃねえな。やり方は、どこまでも汚い」

久野が、呻きをあげている。安彦は、右の手首と肘の関節を決めたまま、久野の腹を続けざまに蹴りあげた。久野が膝《ひざ》をつき、茶色い液体を床に吐き出した。

蹴り倒す。倒れたところを、四度、五度と蹴りつけた。

「やめてくれ」

喘《あえ》ぎながら、久野が言った。安彦はナイフを拾いあげ、髪を摑んで久野を引き起こした。

「言った通り、書け。宛名《あてな》は、山口敬二にするのも忘れるな」

「書くよ。書くから、ナイフはどけてくれよ」

「駄目だ。ナイフがなくなるのは、書きつけが出来あがってからだ」

久野が、便箋にボールペンを走らせはじめる。その間、安彦は久野の首にナイフの刃を当てていた。朱肉で、拇印も押させた。

返済期限とか、利子とかは書かれてはいない。そういうものは、返済を求められた時点で、返済しなければならない。それは明日でもいいのだ。

安彦は、久野が書いた借用証を、四つに折って、ジャンパーの内ポケットに突っこんだ。

「断っとくが、これでどうこうしようってことじゃない。あんたが、また山口や俺に手を出してきたら、その時こいつが生きるわけさ。なにもしなけりゃ、借用証があるからどうしろなんて俺たちも言わねえよ。あんたはいまのまま変わりはねえし、バイクに乗っていたっていい」

バイクを取られたのは、敬二も悪いのだ。いかさまを見破れなかった。たとえ見破っても、どうにもならない状況で博奕《ばくち》をやった。いや、久野のような男を相手に博奕をやったことそのものが、もう間違っている。

久野はテーブルに両手をつき、ひどく気分が悪そうな顔をしていた。

「俺の言ったこと、わかったね、久野さん。俺たちは、保険をかけただけなんだ。一年、なにもなかったら、こいつは破って捨てちまうし、あんたのことも忘れる」

それだけ言い、安彦は部屋を出た。

降り出しそうな空だが、いまのところはもっている。時計を見ると、まだ午後三時にはなっていなかった。

車を出した。

途中の公衆電話から、由美子に電話を入れた。

「どこか行ってたの、安彦？」

「アルバイトでな」

電話は、コードから抜いて、押入れに放りこんでいた。由美子からの電話が、面倒だと思ったからだった。

「行っていいか？」

「めずらしいな。一週間も電話ひとつしてこなかったのに」

「電話もできないところで、肉体労働をしていたの。おまえとは、違うんだ。追いつめられると、まとめて稼がなくちゃならなくなる。だから、そんな仕事を選んだ」

「法律顧問だもんな。あたしの」

「なんだよ？」

「待ってるから来てよ。あたしやっぱり、法律概論なんて選択するんじゃなかった。法律の文章って、どうしても馴染《なじ》めないんだよね。詩情の一片もなくてさ」

「おまえ、俺になにか手伝わせようとして、電話してたのか？」

「そうよ。だから早く来て。提出期限が、明日までなんだから」

抱いてからだ。思ったが、言わなかった。抱いてからなら、どんなにつまらないレポートにも、付き合ってやってもいい。

「日曜だし、一時間はかからないと思う」

「夕ごはん、用意しておく。それぐらいはしなくちゃね。多分、徹夜よ」

電話を切ると、代官山のマンションの、豪華な部屋が頭に浮かんできた。１ＬＤＫというやつだが、ひとつひとつが広い。冷蔵庫は、安彦の躰が入りそうだし、ベッドはマットが二段になったセミダブルだった。

車に戻った。走りはじめた。

4

かっきり十日目に、車を返した。

小林は運転席に顔を突っ込み、積算計の数字を調べ、不満そうな表情をした。

「女なんか連れて、ドライブしやがっただろう。カーセックスもやりやがったな」

小林が考えていたのよりずっと長距離を、安彦は走っていたらしい。ガソリンも、借りた時とほぼ同量だ。

「満タンで返すのが、常識じゃねえの？」

「満タンで借りてりゃな」

「まったく、貧乏人はこ」

大学のそばの雀荘《ジャンそう》の前に駐《と》めた。車での通学は原則として禁止されているが、駐める場所はいくらでもあった。

「この車で、何人女ひっかけたんだよ。おまえ、ずっと休んでたろう」

「休んじゃいたが、女はひっかけてない。こんな車に、喜んで乗る女がいると思ってるのかよ」

ほかの二人は待っていたので、すぐに卓を囲んだ。

荒っぽい乗り方をした、と小林はまだ文句を言い続けている。しつこいというより、女々しい男だ。

「一度、遠出をしたが、燃費を計算して自分でガソリンは入れた」

「どこまでだよ？」

「小田原までだ」

乗った距離は、その程度だった。それにしても、うるさい。ミッションがどうの、タイヤの減りがどうのとまだ並べている。心理作戦かもしれなかった。

「女、女って言うけどな、おまえ。俺の彼女は外車に乗ってるの。俺が一本電話すりゃ、すぐにその車で飛んでくるの」

「言ってくれるよ。外車だってよ」

ほかの二人も、笑った。

「嘘だと思いたきゃ、思ってろ」

安彦は、ほんのわずか勝っているだけだった。今日は、大きなツキは来ないかもしれない、という気がしはじめていた。小林が、石橋を叩《たた》くような打ち方をして、勝負を小さくしてしまっている。

「おまえの彼女が乗ってるの、自転車《チャリンコ》だね。賭《か》けてもいい。おまえ、自分の夢を、ほんとのことみたいに言うなよな」

「ほんとさ。仕方ねえだろう」

「よし、五千円賭けてやる。おまえ、彼女を呼び出してみろよ」

由美子と、夕方会うことになっていた。いま電話をすると、三時間ほど約束より早くなる。

「むこうにだって、都合ってもんがある」

「電話一本で、飛んでくるって言ったじゃねえか」

「来るさ」

「じゃ、呼べよ。外車ってのが、どういうものか見せて貰おうじゃねえか」

「あと半荘《はんチャン》でくるぞ。俺はそこで抜けるぞ。それでもいいなら、呼ぶ」

「いいよ。来なきゃ、おまえ五千円払えよ」

実際のところ、いきなりそんなことを言って、由美子が来るかどうかはわからなかった。横浜に行くことになっていたから、車で出てきていることは確かだ。

安彦は立ちあがり、店の隅の公衆電話のところへ行った。由美子は、ポケットベルなどというものを持っている。安彦との間の、暗号も決めてある。

安彦は、一度電話を切ると、煙草に火をつけた。小林がそばに来て笑った。

「留守だなんていう言い訳は、通用しねえぞ」

「わかってる。いま携帯のスイッチを入れさせた」

携帯電話にアルファロメオ。父親の家族会員になっている、ゴールドのクレジットカードが三枚。まったく鼻もちならない女だ。それでも、気性は悪くない。

携帯電話には繋《つな》がった。

「なにしてる？」

「友だちと、お茶してる。ひとつ休講になって、次の講義まで時間潰《つぶ》さなきゃなんない」

「俺もだ。最後の講義は放り出して、俺をここへ迎えに来てくれないか？」

「ラッキー。どうしても出なきゃなんないのが休講で、どうでもいいのために待ってなくちゃなんないって、くさってた。安彦も、休講か」

休講などではなく、もともと出る気などなかった。受講生が二百人以上いる大教室で、出欠も取りはしない。

車を返せば、麻雀に誘われることはわかっていた。いまのところ勝ち逃げという恰好《かっこう》なので、付き合うしかないと決めて、由美子とは夕方会う約束をしたのだ。

雀荘までの道順を、安彦は説明した。小林が、不安そうな表情をしている。

「おまえが、持ちかけたことだぞ。俺を嘘つき呼ばわりして、なにがなんでも電話させたんだ。彼女、最後の講義はパスして来るからな」

小林の表情が、ますます不安そうになる。

「おまえが、オープンカーに乗って渋谷を走ってるのを見たってやつがいるけど、ほんとなのか、新井？」

ひとりが訊いてきた。

「多分、俺だ。運転していることもあるし、助手席に乗ってることもある」

「赤いオープンカーだって言ってた」

「ほとんど、間違いねえよ。彼女が来たら、俺は抜ける。勝ち逃げとは言わせねえぞ。おまえら二人も、乗ってきたんだ。もっとも、逃げるってほど勝っちゃいないけどな」

安彦を除いた三人は、自宅からの通学で、金に困ったところでそれほど切迫しない。二人は、勝負よりも安彦の彼女を見てみたい、という方に関心を動かしていた。

小林の麻雀が乱れた。プレッシャーに弱い。わずかなプレッシャーで、自滅していく。五千円の賭けは、いいプレッシャーだった。

じりじりと、小林が沈みはじめた。ふたつ三つ思い切った手を打って、安彦はいくらか勝ちをのばした。

半荘が終る前に、由美子が姿を現わした。

「勝ってる、安彦？」

「大したことはねえ。あと五分で終るから、ちょっと待っててくれ」

半荘が終り、精算した。安彦は六千円勝っていて、賭けの五千円と合わせると、一万一千円になる。五千円払っても、小林はまだ三千円は勝っていた。ほんとうは三万近く勝っていたのが、半荘でここまで沈んだのだ。

外へ出ると、由美子のアルファロメオ・スパイダーが、フルオープンで駐っていた。小林の脇腹を小突いて、五千円出させた。

「すごい、安彦。一万円以上勝ったんじゃない。奢って貰おう、あたし」

由美子が、キーを安彦に渡す。運転席に乗りこみ、じゃあな、と小林に言った。小林は口を開けて見ている。

「今度、合コンやらないか」

ひとりが言った。

「やらない」

助手席に乗りこみながら、由美子が唄《うた》うように言う。

「なんでさ？」

「そういうの、安彦があんまり好きじゃないから」

こういうもの言いも、安彦は嫌いではなかった。片手をあげ、安彦は車を出した。

「首都高だな」

アルファロメオは、御機嫌だった。踏みこんだ時の哮《ほ》えるような声が、なんともいえない。小林の、サニークーペとは大違いだ。

首都高に入った。しばらく、車の多い区間が続いた。それから横羽線に出て、再びスピードをあげた。由美子は、サングラスをかけて、シートに身を埋めている。眠っているのかどうかは、わからない。

トラックを二台、続けざまに抜いた。オープンでは、百二十キロぐらいがちょうどいい。それ以上になると、巻きこむ風がひどかった。由美子の長い髪が、風に靡《なび》いている。オープンで乗る時はまとめて縛ればいいのに、風に靡かせるのが好きなのだ。

あっという間に、横浜に着いたような気がした。

駐車スペースは、すぐに見つかった。運河沿いの道で、それは元町の商店街に続いている。休日ほど、人も多くなかった。

「すぐ決めるなよ、安彦」

「いろいろ試着したりっての、好きじゃねえ。欲しくなくなってくる」

「それでも、二軒は回ってよ。二軒ぐらいなら、いいでしょう？」

「まあな」

革ジャンパーを、買うことにしていた。これから冬になる。高校のころに着ていたコートがあるだけで、去年はほとんどセーターの上にコーデュロイのジャンパーで通していた。革ジャンパーなど、高くて買えなかったのだ。

このところ麻雀では勝っていたし、アルバイトの金も入った。欲しいものはすぐに買っておかないと、金はいつの間にかなくなる。

革ジャンパーを欲しいと思ったのは、敬二のを見てからだ。一度借りて着てみたが、風がまったく入ってこない。体温が籠《こも》り、コーデュロイよりずっと暖かかった。

「襟のデザインにこだわるべきね。あれで、恰好いいかどうか決まるわ」

コーデュロイのジャンパーは、一万二千円だった。半額バーゲンの時に買ったから、ほんとうは二万四千円だ。

敬二の革ジャンパーは、十二万円だった。高いが、その価値はあると安彦は思っている。一軒見て、三着ばかり試着し、アイスクリームをひとつ食って、次の店に行った。濃い茶色のジャンパー。すぐに目がいって、ほかのものは見えなくなった。九万三千円と値札が付いている。予算より三万三千円高い。三万三千円あれば、うまくすればひと月腹を減らさなくても済む。

二着試着した。そのジャンパーは、見ないようにしていたが、由美子の手がのびていった。

「安彦、これ」

試着する。躰にぴったりだった。ポケットの位置もいい。チャックの感じも悪くない。いままで着たものよりも、ずっしりと重い感じもあった。

「襟がいい。バルセロナの大学生って感じがする。それに、革の質も悪くないわ」

安彦は、ちょっと鏡を見ただけで、ジャンパーを脱いだ。店を出る。煙草をくわえた。

「気に入らないの？」

「いや」

煙を吐いた。どこか、潮の匂《にお》いがする、という気がした。運河から匂ってくるのか、海から漂ってくるのか、わからなかった。

「もう一軒、見てみる？」

「何軒見ようと、同じだ」

「欲しくなくなっちゃったの？」

「いや、欲しい」

「じゃ、気が済むまで見た方がいいよ」

「もう、決めた」

言葉に出して言うことで、三万三千円は眼をつぶることにした。

「さっきのがいい」

「一番最後に着たやつね」

「あれを、買うよ」

由美子が、嬉《うれ》しそうに笑った。安彦は、さらに二、三度煙を吐き、歩道の端の灰皿で消した。煙草を喫《す》うために外へ出た、という感じでまた店に入った。

「これを」

安彦は、中年の女店員に言った。

「もう一回、試着した方がいいよ、安彦。サイズだってあるし」

「これ、一点ものでございまして、ほかにはないんです」

自分に着られるためにここにあった、と安彦は思った。由美子が、細かい縫い目などの点検をはじめた。

「よせよ、決めたんだ」

「なに言ってるの。おかしなところがあったら直して貰った方がいいし、傷があったら安くして貰えるわ」

女店員がほほえんだ。安彦は、ポケットから金を摑み出し、九万三千円をショーケースのガラスの上に置いた。

「しっかりしてるね、これ。でも、少し安くして貰えないのかしら」

ぶらさがっていた値札もまとめて、こいつに出会ったのだ。まけろと言う気が、安彦にはなかった。

「二割、引いてあるんですのよ、これ。一週間前がこの店の十周年の記念で、全品二割引きましたの。派手に告知はしておりませんけど。あくまでもお客様に感謝という意味で、バーゲンではないんです」

「じゃ、これ十一万六千円以上するんだ」

由美子が、素速く計算して言った。それも、どうでもよかった。九万三千円のジャンパーに出会った。それだけのことだ。

ジャンパーは、きちんと畳まれ、袋に入れられて安彦のものになった。

「ありがとう、安彦」

「なにが？」

「あたしに選ばせてくれて。これが一番似合うと、あたし思ってた」

強く勧めはしなかった。多分、値段を気にしたのだ。

「あたしさ、このところ安彦の世話になってるわよね。この間は、民法のレポートで徹夜までさせたし」

「法律学を選択してたのが、運の尽きだと思ってる」

「感謝はしてるの。それで、プレゼント買ったわ。マフラー。実を言うとね、その革ジャンにぴったりの色だった。だから、あたしそれがいいと思ったのかもしれない」

由美子からは、前にもプレゼントをされたことがある。機嫌が悪くなったアルファロメオを、半日かけて直した時だ。結局、プラグを替えて機嫌はよくなったが、そこに辿《たど》りつくまでに散々苦労した。

貰ったのは、ドイツ製の万年筆だった。それは、いまも使っている。

どうせ高いマフラーだろう、と安彦は思った。経済観念が、どこか違う。

「買ったと言っても材料だけで、実はあたしが編んだんだ。材料は四千円だったけど、あたしの手間を入れれば、四万円の価値はあると思う」

「編んだって、おまえがか？」

「失礼な言い方ね。あたしは、自分の才能を認識し直したわ。クリスマスごろと思ってたのに、夢中になってもうできちゃった。でも、渡すのはドキドキするな」

「たまげた、それは」

口では言ってみたが、意外に由美子はそんなものが好きなのかもしれない、と思った。料理は好きだし、部屋はいつもきれいに片づいている。

「持ってきてあるから、あとでジャンパーと合わせてみて。よかったな、安彦がそのジャンパーを買ってくれて。最初の黒いのを買ったら、どうしようかと思った」

なんとなく、車まで歩いた。

「ずっと先まで、行ってみようか」

「先って？」

「三浦半島の方。めしが食えるところぐらいは、多分あるだろう」

「灯台がある。行ったことがあるわ。コンビニで、お弁当買っていこうよ。ハイキングに来たみたいに、灯台の下でお弁当を食べるの。今からだと、夕方、陽《ひ》が暮れる前にお弁当を食べられる」

由美子がはしゃぎはじめたので、安彦はたじろぐような気分になった。しかし、アルファロメオだ。安彦はエンジンをかけた。

「頼みがあるんだ、安彦」

「おっ、来たな。なんだよ？」

「灯台の下でお弁当食べて、そのころは暗くなってきて、ちょっと寒いと思う」

「帰りは、幌《ほろ》をかけよう」

「そうじゃなくて、買ったばかりのジャンパー、あたしの肩にかけてよ。そうやって、助手席に乗って帰りたい」

「俺より先に、おまえが着るのかよ？」

「この頼みのミソはそれ。ちょっと図々《ずうずう》しいかな」

「いいよ。しかし、おかしなこと考えるやつだ」

　由美子が、舌を出した。

　いやな気はしなかった。自分の革ジャンパーを羽織った由美子が、アルファロメオの助手席にいる。はっきりと、その姿は思い浮かべることができる。

　道路地図で、三浦半島へ行く道を調べた。

　エンジンは暖まっている。

5

　四人いた。

　顔までは、はっきりわからない。蹴りつけられたと思った時は、横からも一発きていた。倒れるまでに、四発から五発。それぐらいだろう。なにがどうなっているのか、考える余裕もなかった。

跳ね起きた。姿勢を低くし、踏み出してきた男の腹に拳を突き出した。カウンターになった。男が倒れる。重なるようにして、安彦も倒れていた。背中を蹴られたのだ。転がった。立ちあがる。走った。目の前の男を弾《はじ》き飛ばし、そのままふりむきもせずに突っ走った。追ってくる。気配でわかった。走るしかなかった。少しずつ、背後の気配が遠ざかり、やがて消えた。

しばらく、走り続けた。路地を見つけて飛びこみ、しゃがみこんで背後の気配を窺《うかが》った。無人の舗道があるだけだった。

壁に凭《もた》れ、足を投げ出し、何度も深く息をした。口の中が切れている。躰の方々が熱を持っている。頭の後ろに痛みがある。確かめるように、全身を点検した。大きな怪我はしていない。

ポケットから煙草を出し、曲がっているのを真直ぐに直して、火をつけた。

雀荘を出たのは、十一時半ごろだった。小林が二人乗せて帰ったので、安彦はひとりで駅まで歩いた。その途中のことだった。

待っていた、としか思えなかった。知っている顔はなかった。むこうが、安彦の顔を知っていただけだ。

誰かに、頼まれたのか。それがわかるほどの時間、やり合ってはいなかった。半端ではない。躰がそう感じたから、逃げることに全力を使ったのだ。ひとりひとりの腕がすごいというようなことではなく、殴り方、蹴り方に容赦がなかった。

灰が、ジーンズの膝に落ちた。

街には明りがある。それが路地にも入ってきていて、落ちた灰が膝の上にあるのがぼんやり見えた。

久野に頼まれた連中なのか。考えられるのはそれしかなかったが、確かめられはしなかった。借用証を取り戻す、というような気配もない。ただ殴り、蹴りつけてきただけだ。

煙草を消し、立ちあがった。

しばらく、通りの気配を窺った。

女が二人、喋りながら通り過ぎていった。それだけで、ほかの気配はない。

思い切って通りへ出、女二人を追い越し、駅まで速足で歩いた。

さすがに、駅に近づくと人が多くなった。改札口では、人の背中の中に紛れこむという感じになった。ホームへ出ても、なにも起きなかった。三分ほど、壁を背にして待っていた。

終電の、ひとつ前の電車が滑りこんできた。

アパートのそばまで戻ってきた時に、また気持が乱れはじめた。誰かが隠れていて、襲ってくるかもしれない、という気がしてくる。すぐに部屋へは戻らず、しばらく歩き回った。細かい道も、ほぼわかっている。路地も知っている。それを一応全部確かめた。それから、思い切って、アパートの部屋に入った。

拍子抜けするほど、なにもなかった。

シャワーを使い、全身を点検した。口の中が腫《は》れているが、出血は止まっていた。腿《もも》と脇腹と腕に、内出血の痕《あと》がある。どれも、指さきで押すと、鈍く痛んだ。

それ以上の怪我は、どこにもしていなかった。骨は大丈夫だ。早く逃げることを考えた。それがよかったのだろう。

やはり、久野なのか。それにしては、狙いがよくわからない。

敬二に電話してみた。十回コールしても、誰も出なかった。

部屋へ戻ってからも、敬二は襲われたりしていない。久野は、もう敬二や自分に関《かかわ》ることはやめたのだ、と安彦は考えていた。

横になったが、すぐには眠れなかった。

電話が鳴った。

「助けてくれよ」

はじめ、誰の声だかわからなかった。小林だと気づいたのは、車で、と二度続けて叫んだからだ。車で人でも撥《は》ねたのか、と一瞬安彦は考えた。

「おまえ、車でなにやったんだよ。俺の車で、なにやったんだ?」

「なにって?」

「俺は、殺されそうになった。車にいきなり乗ってきて、俺を殺そうとしたんだぞ」

ノイズが入った。携帯電話らしい。

「いま、どこだ?」

「家の近くだよ。昼間の人たちが待ってて、おまえに電話しろと言うんだよ」

そばにいる、ということだろう。

自分を捜すのに、久野には『ハルマッタン』という手がかりしかなかった。そう思っていた。しかし、車があった。大学名ぐらいは、知っていた可能性もある。大学の近くを張っていたら、あのサニークーペが来た。

そういうことだろう、と少しずつ見当がついてきた。

「おまえ、アルファロメオの彼女いたよな」

安彦に確かめるというより、そばにいる人間に確認させているという感じだった。

「あの彼女の、大学とかマンションは?」

「そばにいるやつに、代れ」

頭に血が昇った。由美子をどうすると言ったわけではないが、名前が出てきただけで、かっと全身が熱くなった。

「代れ、小林」

「答えろって、そう言ってる」

「いいから、代れ」

声は、沈んでいた。自分でもはっとするほど、沈んでいた。

「おまえの車じゃなかったんだな、新井」

聞き憶《おぼ》えのある声だった。

「一杯食わされたよ。おまえの車だと思って、ナンバーまで憶えてたのに、一日三千円で借りてたんだってな」

「いい加減にしろよ、久野」

「金持ちの女と付き合ってんだろう。その車、賭けねえか。ここにいる、小林って野郎と交換だ」

「馬鹿なこと、言うなよ」

笑った声になっていた。肚《はら》の底に、重い塊があった。

「この坊主の、腕の一本でも折らして貰うか」

「警察へ行かせる」

「こんなに追いつめられると、警察《サツ》を頼るのか、てめえは」

「俺は、頼らない。小林は、関係ないんだ。だから、なにかされたら警察へ行けばいい」

「十一時まで、おまえを雀荘に引きとめたのは、こいつだぜ」

「おまえらに、威《おど》されてたんだろう」

麻雀を打っている間、小林はいつものように文句を並べたてたりはしなかった。かつてないほど静かで、負けを払う時も、なにひとつ言わなかった。

叫び声があがった。

「よし、てめえが出てこいよ。それまで、こいつを預かる」

「断る」

「ほう、友だち甲斐《がい》のない野郎だな。こいつが、どうなったっていいってのか。明日あたり、交通事故で死んだっていいってわけだな」

「どこにいる？」

「そうこなくっちゃな」

「警察と、一緒に行く」

「てめえ、警察《サツ》、警察《サツ》って、どういう料簡《りょうけん》なんだ」

「そいつを巻きこむ以上、なにがあっても警察だ。それ以外のことを、俺は考えない。いますぐ、警察へ行く。いやなら、そいつを家へ帰せよ。話は、それからだ」

「ふうん」

「切るぞ」

「切って、どうする」

「すぐに警察にかけ直す」

「ふざけるな」

安彦は、電話を切った。切ってはならないものを切った。そういう気がした。全身に、鳥肌が立った。

電話が鳴る。最初のコール音の途中で、受話器をとっていた。

「なんで、切りやがったんだ」

「警察に、かけようとしてた」

「わかったよ。こいつは放してやる。放したら、おまえが来るという保証があればな」

「約束する」

「てめえが、そう言ったってな」

「ほかに、どうしようもない」

「おまえのアパート、どこなんだ?」

小林が知っているのは、電話番号だけだったのだろう。同じクラスどころか、学部も違うので、名簿などはない。安彦も、小林の電話番号しか知らなかった。

「とにかく、ここの電話番号はわかってるんだろう。まず、小林を帰せ。小林が帰宅したことを、俺が電話で確かめる。確かめたら、ここの場所を教える」

考えているのか、ちょっと間があった。なにか喋っているような気配がある。はっきりと受話器には入ってこない声だった。

「いま、この坊主を家へ帰す。五分後に、こいつのところへ電話しろ。俺は、十分経ったら、そこへ電話を入れる」

切れた。

安彦は時計を見つめた。五分が、ひどく長かった。その間、ほとんど脈絡のあることは考えなかった。

アドレス帳の、小林の番号がわからなくなった。違う名前が並んでいる。坂田、佐々木、島本。さ行を見ている。か行の頁《ページ》。小林正明。見つけた時に、全身から汗が噴き出した。

五分。番号。二回目のコールがはじまったところで、小林が出た。

「怪我は？」

「してない。だけど、おまえなにやった？」

「関係ない」

「俺を、こんな目に遭わせてもかよ」

「悪かった。謝るよ。ほんとに悪かったが、これで終りだと思う」

「なあ、新井。すぐに警察に行けよ。俺は、ナイフなんか見せられただけで済んだが、おまえはもっとなにかされるぞ。警察に事情を説明して、頼んだ方がいいと思う」

「わかった」

「やつら、まともじゃない。やくざだ。間違いないと思う」

小林の声は、まだかすかにふるえを帯びている。

「いずれ、ちゃんと謝るから」

それだけ言って、安彦は電話を切った。

敬二の部屋の番号。コール音。待ったが、誰も出なかった。時計を見ながら、安彦はコール音を聞き続けた。あと一分。そこまでコールし続けて、受話器を置いた。

待った。すぐにかかってきた。

「五体満足で、家に帰ってたろう」

「ああ」

「約束、守れるのかよ」

安彦は、アパートの住所と部屋番号を言った。

「おまえがそこにいるのも、約束のうちだ」

「わかってる。俺は、ここにいる」

「俺たちゃ、あくまで客だぞ。ただの客だ。それを忘れるな」

電話が切れた。

安彦は、畳にうずくまった。それから転げ回った。口の中を奥歯で嚙《か》み、力をこめた。血の味が拡《ひろ》がった。

おめおめとただ待つ。ここで、袋叩きにされるかもしれない。久野のアパートに連れていかれ、敬二と同じような目に遭わされるかもしれない。

どう考えても、馬鹿げていた。

シャツの上に、革ジャンパーを着こんだ。スニーカーも履いた。

窓を開ける。冷気が流れこんできた。何度も、大きく息をついた。果物ナイフ。武器になりそうなものは、それしかなかった。

畳に座りこんで、待った。なにも考えなかった。どうするかは、ドアを開けた時に決めればいい。果物ナイフを、何度か畳に突き立てた。

自分が怒っているのか怕《こわ》がっているのかも、よくわからなかった。気づくと、畳がボロボロになっていた。明りを消す。しばらく、なにも見えなかった。目を閉じた。

再び目を開くと、煙草をくわえて火をつけた。闇《やみ》に眼が馴れている。平らな砂地を掘り返したように見える畳を、冷たい光が照らし出していた。闇の中で喫う煙草は、ほとんど味もない。いつの間にか、指先が熱くなって持っていられないほどになった。

消した。灰皿には、いつも水を入れてある。じゅっという音が、闇の中でやけに大きく聞えた。

ナイフで、また畳を掘り返した。

ドア。ノック。新井と呼ぶ声。久野の声だ。しかし、足音は数人だ。

「新井」

もう一度呼ばれた。

「いま開けるよ」

言って、安彦は立ちあがった。ロックを解き、ドアを開けた。同時に、ドアの外に右手を突き出していた。あっという声が聞えた。その時、もう窓から飛び出していた。隣の家の屋根。裏の路地に飛び降り、走った。誰も追ってくる気配はないが、全力で走り続けた。三、四分そうやって走ると、自分がどこにいるのかさえわからなくなった。

路地に入り、しゃがみこんだ。汗が噴き出している。革ジャンパーを脱いだ。冷気が、快いほどだった。

煙草をくわえ、火をつけた。

部屋にいると約束したから、いてやった。いつまでも付き合うという約束は、していない。

すぐに寒くなってきたが、しばらく安彦は革ジャンパーを着なかった。

6

戻るところは、自分の部屋しかなかった。

連中がいるかもしれない、ということは考えていた。だから、すぐには行かず、遠くのビルの非常階段を昇り、高いところからアパートを見た。

窓が開いている。開けたのは自分だった。そのままになっているのは、連中がいないということを示しているのか。

じっと見ていたが、人が動く気配はなかった。

少しずつ、アパートに近づいていった。

車。ボディにロゴの入ったライトバン。息を吐き、安彦は車のそばに立った。シートを倒さず、腕を組んで敬二は眠っていた。

ほっとした。敬二がどこかをやられている、という感じはない。ガラスを、軽くノックした。眼を開けた敬二が、びっくりしたような表情をした。もう一度、ほっとした。ひとりではなくなった。そう思った。

「久野か？」

車から出てきて、敬二が言う。

「おまえ、やられてるかと思った」

「仕事で、伊豆の現場に行ってた」

「何度電話しても、通じなかったからな」

「怪我は？」

「ちょっと口の中が切れてる。その程度だ。しかし、久野って野郎はしつこい。忘れたころに、なんかしてきやがる」

敬二が、煙草に火をつけた。思い出したようにくわえた安彦の煙草にも、敬二のライターの火が出された。

「怪我、ほんとにそれ以上はしてねえな？」

「ああ。だけど、俺がやられたんで、おまえも当然やられてると思ってた」

「三日、現場に泊まりこんでたからな」

「よかったよ。部屋で、なんか飲もう。のどが渇いたし、腹も減った」

「待てよ」

「連中、もういやしないさ。おまえ、ずっとここで待ってたんだろう？」

歩きはじめると、敬二はついてきた。おい、待て、と後ろから一度声をかけただけだ。

ドアは開いた。

部屋の中を見て、安彦は立ち尽した。真中に、山ができている。ふり返った。敬二は、すでにこれを見ていたらしい。ちょっと肩を竦《すく》めただけだ。

「ドアのところに、血がある。大した血じゃねえが、おまえのかと思った」

ナイフを突き出した。だから、久野の血だろう。

安彦は、部屋に入った。靴を脱ぐ気も起きなかった。大して物を持っているわけではないが、こうしてぶちまけられたのを見ると、こんなに持っていたのかという気になってくる。

すべてが、ぶちまけられたままだ。畳まで、剝《は》がされていた。

「なんだってんだ、まったく」

「久野は、なにか捜したのさ。捜すポーズだけでも必要だった」

「借用証か。しみったれた野郎だ」

「なんだ、それは？」

敬二に、借用証の話はしていない。いまは、革ジャンパーの内ポケットだった。あんなものので、すべて収拾がつくと考えていた自分は、世間知らずの甘い学生だったのだ、と思った。

「なんなんだ、借用証って？」

「やつは、俺に借りがあるだろうってことさ」

「借りねえ。確かに野郎にゃ貸しがあるが、それは俺のことだ」

「どっちでもいい。とにかく、部屋をこんなにされちまってるんだぞ」

蒲団《ふとん》まで、ナイフで引き裂いている。本もぶちまけられていた。

「俺は、伊豆の工事で、朝までにゃ現場に戻らなけりゃならねえ。お前が、無事だったんなら、よかったよ。それが気になって、会議が終ってから、すっ飛んできたんだ」

「なんで、俺が無事じゃないかもしれない、と思ったんだ」

「それさ」

敬二は、ひっくり返された冷蔵庫に尻を載せた。

「前からそうじゃねえかと思ってたが、久野は自分のアパートのほかの部屋を、賭場《とば》に使ってたんだ。本格的な博奕で、金も相当動いてたらしい」

「俺は、麻雀しかやらねえ」

「おまえが、やったやらねえってことじゃなく、事故が起きたのさ。テラ銭ってわかるか。昔、博奕はよく寺の本堂なんかでやった。ショバ代ってやつよ。それを、久野が管理することになってたらしい」

「管理って、自分のもんだろう？」

「違う。賭場を開くにゃ、信用できる胴元がいなきゃなんない。でなきゃ、大金を賭ける客なんて、集められねえのさ。そのテラ銭をぶったくられたとかで、トラブルになってる。百万ぐらいらしいけどな。久野は、それを強奪されたと言ってるらしいんだ。殴られて、持っていかれたってな。そんな言い分が、なぜ通ったか知らねえが」

殴ってはいる。久野の躰は、傷だらけだったはずだ。強盗に遭ったと言っても、おかしくはないだろう。

「俺に知らせてくれたのは、伊豆の現場に来ていた爺《じい》さんでね。小さな賭場をやって、地元にわずかな上納を納める。それ以外の時は、マッサージ師なんだ。うまいって話だが、俺はかかったことがねえよ」

「その爺さんに、久野のトラブルの連絡が入ったってことか」

「もともと、久野を使ってたらしいんだが、久野が相手にしなくなった。スケールが小せえんだよ。儲《もう》けも小せえ。爺さんは、トラブルのことを、東京に電話してたまたま知ったらしいんだが、久野のことだったたんで俺に教えてくれた」

「ぶったくったのが、おまえと思われたんじゃあるまいな」

「二十歳ぐらいのガキだってよ。それで、爺さんは俺に教えてくれた。ぶったくられて、はじめはなんだかわからなかったらしいが、久野は車のことを三、四日経って思い出したってんだ。サニークーペさ。ナンバーはうろ憶えで、捜すのに時間がかかってるって話だった」

「友達《ダチ》のサニークーペを借りて、確かに俺は乗ってた」

「久野にも見られてるよな」

「見られてる」

「芝居を打ちやがったのかもな、野郎。とにかく一週間で、その百万をなんとかしろといわれてたらしい」

「それで、俺か。百万なんて、どこにある？」

「誰がやったか決まりゃ、まずそいつから搾りあげるさ。そのための時間だってくれるだろう。搾りあげる前に、半殺しにするだろうが」

なんとなく、読めてきた。結局、車がすべてだった。久野は、借用証を書かせた日に、百万の被害を受けたと連絡し、三、四日経って、サニークーペを思い出してみせたということだ。安彦が殴った傷は生々しくて、話に信憑性《しんぴょうせい》を持たせただろう。

「ここへ来たら、部屋がこれだ。たまげたよ、まったく。ただ、おまえを連れていったんなら、こんな家捜《やさが》しのようなことをするだろうか、とも思った。とりあえず、時間ギリギリまで待ってみようと思ってな」

「久野の後ろにいるのは、やっぱりやくざか？」

「下っ端のな。そいつらの上に兄貴がいて、親分がいて、またその上に親分の親分がいる。そうやって、上にずっとあがっていくと、どこまでいくかわからねえぐらいだ」

「おまえ、そんなのと付き合いがあるのか？」

「俺は、久野の店でポーカーをやってるぐらいだ。そのポーカーのメンバーは、別にやくざってわけでもない」

「とにかく、俺になにが起こったのか、やっとわかってきた。最初は、いきなりぶん殴られた。それからいろいろとあったが、まだ生きてる」

「おい、気軽に言うなよ。冗談じゃねえと思いながら、俺は待ってたんだ。朝になっちまったら、現場に戻らなきゃなんねえ。だけど戻るわけにもいかねえとか、いろいろ考えてたんだぜ。最悪の事態まで考えてた」

「気軽に言わなきゃ、話もできねえよ、敬二。まったく、こんな目にどうして遭うのか、考えると死にたくなる」

「俺だ。俺を助け出したりしたからだ」

「車を持ってると思われたのが運の尽きなんだろうが、実はあの車で、俺はもう一遍久野のところへ行っててね」

「俺を、助け出したあとにか？」

「そう、話をつけるってやつ。ひとりだったから、ちょっとばかり痛めつけたりした」

小森商会の清水を殴り、それで久野が『ハルマッタン』へ、安彦を捜しに現われた。そこのところは、省いて話した。小森という名前を、敬二は聞きたくもないだろう。

「借用証だと？」

「久野は、バイクの代金として、百万おまえから借りてることになってる」

安彦は、内ポケットから借用証を出して見せた。

「日付も、いつ返せとも書いてねえな」

「そういうものは、返せと言われた時に返さなきゃならないことになってる」

「法学部の学生が言うんだから、確かだろう。だけど、おまえなんでこんな真似をした？」

「借用証を握られてると思うと、久野も手を出してこないだろうと思った。そのための保険だと、久野にも言ってある」

「やっぱり、俺のせいか」

「待てよ、敬二。これは、成行ってやつだ。どっちのせいって言うようなことじゃない。俺は腹が立ったから、久野をいためつけて、借用証を取った。余計なことだったのかもしれねえさ。俺が、勝手にやったことでもある。それで、逆手をとられたってことだ」

「躰が完全に治ったら、俺は久野と話をつける気でいた。いかさまのことも、忘れるつもりはなかった」

「どっちがどうだと言い合ったって、はじまらねえな」

「そりゃそうだが」

敬二が煙草をくわえた。がらくたの山の中から、灰皿は捜し出していた。

しばらく、二人とも黙りこんだ。このがらくたの山をどうすればいいのだ、と安彦は考えていた。久野が、これからどう出てくるか、考えても仕方がないという気がする。なるようになるだろう、と半分は開き直っていた。

「この借用証、預かっていいか?」

「おまえに宛てて、書かせたもんだ」

「面倒なのは、久野の後ろにいるやつらで、久野ひとりならどうってことはねえ。後ろのやつらは、金さえ戻ってくりゃいいと思ってるはずだ」

金の代りに、後ろの連中に借用証を渡す。そんなことで、片がつくとは思えなかった。

「なあ、敬二。久野はほんとに百万ぶったくられたんだろうか?」

「そこだ、問題は。おまえにぶん殴られたのをうまく利用したのかもしれねえぞ。百万は懐に入れて、ついでにおまえを半殺しにもできる。野郎なら、考えかねねえ」

それが、一番ありそうなことだった。

しかし、そうだったからといって、どこから反撃していけばいいのか。

「爺さんに、間に立って貰う。久野を面白く思ってねえから、張切ってやるはずだ。おまえが絡むと面倒な話になるから、俺がぶん殴ったことにする。ぶん殴って、この借用証を書かせたってことにな」

「しかし、それじゃ」

「テラ銭をぶったくられるような間抜けじゃねえよ、久野は。しがみついても、金だけは放さねえって玉だ。後ろの連中が、信用したのはぶん殴られたからだ。そういう傷が、躰にあったからだ。それが別なことで殴られたんだと、連中にわかるのは、久野にとっちゃ困ることさ」

「どうやるんだ？」

「やり方は、爺さんと相談する。後ろの連中は、とにかく金がちゃんと入ることだ。トラブルは避けたがるだろう。警察に睨《にら》まれるからな。博奕ってのは、客がいる。トラブルは、客をなくす」

「そんなもんか」

から」

「爺さんに、うまく動いて貰う。俺とは気が合ってて、久野の名前にゃ反吐が出るって男だから」

「わかったよ。その結論が出るまで、俺はなんにもしない」

「居場所を、どこにするかだな」

連中がまた襲ってくる、と敬二は考えているようだった。

外は、まだ暗かった。夜が明けるのが、ずいぶん遅くなったような気がする。

「俺の部屋にいろよ、安」

「おまえの部屋と言ったって」

「俺が、伊豆の現場に行ってることは、調べりゃわかる。だから、かえって安全かもしれねえよ。どうせ、二日か三日ぐらいのことだ。それぐらいで、なんとかなるはずだ」

敬二が抛《ほう》ってきたキーを、安彦は右手で受けた。

7

大学へ行った。西品川の、敬二のアパートからだ。昼間、三時間ほど自分の部屋へ戻って、がらくたの整理をした。明るく、人が多い時間だ。

山のようになったがらくたも、捨てると少しずつ片づいてきた。まず、蒲団を捨てた。ナイフで切り刻まれて、使いものにならなかったのだ。服も、切り裂かれたものは捨てた。本箱は毀《こわ》れかかっていたので、修理して本を詰め直した。

それで、部屋の中はかなり動きやすくなった。食器も割れているものは捨てた。破れた畳には、茣蓙《ござ》を買ってきて敷いた。隅を鋲《びょう》で留めると、以前よりきれいになったぐらいだった。

二日で、部屋はきれいになった。

連中が、またやってきたという気配はなかった。

「おまえ、こんなとこうろついててもいいのかよ」

キャンパスで、小林と出会《でくわ》した。

「あれ、片がついたんだ」

「なんだか知らねえけど、危《やば》いやつらと付き合ってるよな、おまえ。殺すって言ってたぜ。やくざなんて、街で見かけたことはあるけど、喋ったのははじめてだ」

「悪かったよ」

「おまえとは、もう麻雀はやりたくねえよ。俺たち、遊びでやってんだからさ」

「悪かった、迷惑かけてさ。だけど、全部間違いだったんだ。片はついたんだよ」

小林は、由美子のことを喋った。麻雀で十一時過ぎまで自分を引き止めた。それは言わなかった。威しにしろ、刃物まで突きつけられたのだ。ただ謝るしかない。

ほかの友だちにも、言い触らしているだろう。それも、仕方がなかった。

「新聞見るのが、怕かったよ。おまえが殺されてる記事かなんか出てるんじゃないかと思って」

「あれからすぐに、あいつらと会って、間違いだってことがわかった」

「だけど、なんだったんだよ。俺の車を、なんに使ったんだよ？」

「あれで、行ったところがまずかったらしい」

「どこへ行った？」

「知らない方がいい」

面倒になって、安彦はそう言った。小林は、ちょっとたじろいだようだった。

「どうでもいいけど、おまえ、彼女のアルファロメオがあるじゃねえかよ。あれで行けよ。それとも、ふられちまったのか、彼女に」

「会ってねえんだ、あれっきり」

「おかしなやつだよな、あんな彼女がいるかと思うと、やくざとも付き合ってる」

「やくざとは、付き合っちゃいねえよ。付き合ってねえから、誤解でひどい目に遭わされたんだよ」

昼休みで、キャンパスは人が多かった。それが、ひどく遠い景色のように、安彦には感じられた。自分がいる場所ではない、という気がしてくる。それも、自分に資格がないというのではなく、妙に鼻持ちならない景色に見えるのだ。

本を枕《まくら》にして、コンクリートのベンチに横たわった。由美子に電話しようかと、何度も考えては、やめていた。ポケットベルで、いつでも連絡はとれる。

とにかく、久野の件が片づいてからだ、と安彦は思った。

夕方、西品川の部屋へ帰る。もう自分の部屋でも生活できるようになってはいたが、蒲団がなかった。敬二の部屋には、テレビも、いくらか大きな風呂もある。

敬二が戻ってきたのは、四日経った夜だった。

「なんとか、爺さんが話をつけてくれた」

入ってくると、そう言って敬二は風呂の湯を出しはじめた。

「もともと、テラ銭をぶったくられたなんて、怪しいと思われてたらしい。久野の野郎、懐に入れてた百万を取りあげられた上に、あの借用証の百万も払わせられるんだそうだ。仕方ねえよな、借用証があって、拇印なんかも押してあるんだから」

「ほんとに、そんなにうまく行くのか？」

「わからねえが、爺さんはそう言ったよ」

「じゃ、俺は部屋へ帰れるな」

「片づいたのか？」

「ああ。蒲団なんか捨てちまったが、寝袋がある」

「久野の野郎、あの借用証を捜しやがったんだろうな」

敬二は、疲れているようだった。地方への出張工事の時は、いつもこんな具合だ。充分に休む時間がないのだろう。

「この四日、なにやってた?」

「行くところもねえから、大学さ」

「彼女とは?」

「会ってねえ。今夜あたり、電話してみる」

「そうか」

「ゆっくり、寝ろよ。俺は帰るから」

安彦は、腰をあげた。荷物は、洗濯物が入った紙袋ひとつだけだ。

「風呂は入れよ、おい。湯を出しっぱなしで眠るなよ」

「わかってる」

片手をあげ、安彦は外へ出た。

ちょっと肌寒い感じだが、革ジャンパーはしっかりと風を遮っていた。品川駅まで歩き、電車に乗った。

ほんとうに、すべてがうまくいったのだろうか。とすれば、久野が一番間抜けだったことになる。間抜けは、最後まで間抜けなことをやる。

電車はまだ混《こ》んでいて、吊革にぶらさがった自分の姿が、窓ガラスに映っていた。

革ジャンパーが、恰好がいいと思った。バルセロナの大学生だと由美子は言ったが、学生には見えないと安彦は思った。どこか、はみ出している。学生をやめて、船乗りにでもなってしまった男のようだ。

一度乗り換え、永福町のアパートに戻った。

ドアを開ける。

スイッチに手をのばす前に、明りがついた。

「片づけるの、うまいじゃねえか」

久野だった。小森もいる。ほかに見知らぬ男が二人。

とっさに、ひとりを突き飛ばして外へ逃げようとしたが、足をひっかけられ、這《は》いつくばっていた。首筋に、ひやりとした感触がある。ナイフより、長かった。匕首《ドス》だ。動けなかった。

「間抜けだよなあ、おまえも山口も」

久野は、笑っているようだった。後手に、針金で縛りあげられた。

「いいぞ、おまえら。あとは、こっちでやる」

久野が、ひとりに金を渡した。一万円札が数枚だった。見知らぬ二人が、出ていった。煙草の煙が流れてきた。

「百万ぶったくられたのは、二百万出しゃそれで済むんだよ。責任も取るこたあねえ。てめえらの浅知恵で、俺を嵌《はめ》ようというのが間違ってんのさ」

そうだろう、となんとなく安彦は考えた。百万が二百万になって戻ってくれば、誰も文句は言わない。

手を動かしてみた。指が、わずかに動くだけだ。もう鬱血《うっけつ》している。それが、いまはっきりと感じられた。

「むこうも、うまくいってるかな?」

「まあ、間違いないだろう。電話してみろよ」

敬二も、同じ目に遭っているのだろう。電話の内容から、それは見当がついた。

「洋ちゃん、舌なめずりするなよ。ここで、こいつのケツを抜いちまうのはまずいからさ。この間の、山口みたいな叫び声をあげられたら、まずいじゃねえか」

「初物だろうな、こいつ」

「処女って言うの、処女」

安彦は目を閉じた。敬二と同じ目に遭わされる。ただ、場所はここではなさそうだった。

「俺は、迷惑してるんだよ、新井。洋ちゃんとこの若いのにまで、おまえは手を出したんだよな。まあ、そっちの落とし前は、洋ちゃんがおまえのケツでつけてくれるだろうが、俺の方はそうはいかねえよ」

「毀《こわ》さないでよこせよ、久野。俺が食ってから、殺せばいいだろう」

ホモ野郎。口に出かかったが、呑《の》みこんだ。手が動かない。逃げようがないのだ。どうすれば、針金をはずせるのか。しっかりと肉に食いこんでいる。手首から先を切り落とす、という方法しかないような気がする。いや、手首から先を、どうやって切り落とせばいいかも、わからない。

靴下を脱がされ、口の中に突っこまれた。これで、大声は出なくなった。ズボンを脱がされるのか。それだけ考えていた。小森が、動こうとする気配はない。安彦を見て、にやにや笑っているだけだ。

「なに、逃がしただと」

携帯を摑んでいた久野が、大声を出した。

「いくら払ったと思ってる。三人もいて、なんで逃げられちまうんだ」

敬二が、逃げた。多分、そうだろう。

「追いかけろよ。野郎が行くところなんて、そんなにゃねえんだ。怪我？　知るか、そんなこたあ。いいか、素人《トウシロ》相手に三人だぞ。よく金を取ってられるな、おまえら」

小森も、久野のそばに立っていた。

「追いかけろよ、馬鹿野郎。車もねえんだろうが、あいつは。絶対、連れてこい。連れてこれなきゃ、それなりの落とし前はつけて貰うからな」

「おい、久野。人数を出した方がいいんじゃねえか」

「二人にも、連絡とってるってよ。プロが聞いて呆《あき》れらあ」

電話は、終ったようだった。久野と小森が、まだ低い声で話し合っている。

いきなり、久野が安彦の腹を蹴りつけてきた。しばらく、息ができなかった。

「なんで、早いとこ縛っちまわなかったんだ。こいつのは、しっかりしてるだろうな。こんなふうに縛りゃ、逃げられるわけねえんだ」

小森が、安彦の背中の方に回って言った。手首から先は、もう感覚がなくなってきている。

「この野郎が。手間ばっかりかけさせやがって。ひと思いに死ねると思うなよ」

久野が、また続けざまに蹴りつけてきた。靴は履いたままだ。息が苦しかった。顔を踏みつけられた。首のあたりに、靴の底が食いこんできた。意識が遠くなった。

顔に、水をぶっかけられたようだ。眼が開いた。すぐそばに、茶色い靴があった。

「野郎が戻ってくるまで、せっかく待ってたのによ。二人並べて、のたうち回らせてやろうと思ったのによ」

顔に、唾《つば》をかけられた。それからまた踏まれた。首筋ではなく、こめかみのあたりで、体重のかかった靴がグリグリと動いた。

頭に、血が昇っていた。躰の中を駈け回っているのは、痛みではなくくやしさだった。奥歯を嚙みしめて、じっとしていた。なにも考えるまい、とだけ思い続けた。

「おい、とにかくまずいぞ、ここは。野郎、切羽詰《せっぱつま》って、警察《サツ》へ駈けこむかもしれねえ」

小森の声だった。

顔にかかっている、体重が消えた。

8

どこなのか、場所はわからなかった。

ガムテープを、眼に張りつけられたのだ。放り出されても、それは取られなかった。小森の声と久野の声は聞える。

「見つからねえってのは、どういうことだ、馬鹿野郎。本気で探してんのか」

久野の怒鳴る声。椅子を蹴飛ばすような音も聞えた。

「二人も、そっちへ行ったんだな。よし、会社の資材倉庫とか、そういうところを車で回ってみろ。待て、二人は新井の部屋だ。そこを見張れ。考えてみりゃ、やつは新井のとこへ逃げこむ可能性も強い」

敬二は、まだ逃げている。そう思った。

安彦の手は、もうほとんど動かなかった。手があるのかどうかも、わからない。

「警察《サツ》は動いてねえ。ここまで動かねえってことは、野郎は駈けこんだりしてねえってことだ。どこかでふるえてやがると思う。とにかく、思いつくところは虱潰《しらみつぶ》しに捜させるからよ」

久野のアパートではない。頬に触れてくる床の感じは、コンクリートだ。倉庫のようなところだろうか。蹴飛ばす椅子があるところをみると、事務所かもしれない。いずれにしても、車を降りて、階段は昇らなかった。歩いたのも、十五、六歩というところだ。

大きな道が、すぐそばにあるらしい。音だけではなく、トラックの振動も伝わってくる。大型トラックが、かなりのスピードで走っているということだ。

「まったく、余計なことをしてくれたもんだよな、新井。沢辺は、あれを売りやがった。どうせ、二十万か三十万だろうが、よりによって、大河原さんだからな。俺はな、本気で怒ってるよ。二百万出した上に、おまえの借金返してやったって、恩を着せられてまた百万だ。利子までしっかり計算されてる。冗談じゃねえぞ。ガキがちょっと突っ張った、なんてことで済みはしねえからな。怒ってるよ。怒ったらどんなだか、時間をかけていやというほどわからせてやるからな」

久野の声は、耳もとで聞えた。押し殺したように低い分だけ、かえって不気味だった。

俺も怒ってる。そう言ってやりたかった。靴下が、口の中の唾を全部吸いこんで、舌が干物になった感じがする。

いままでとは違う衝撃が、全身に走った。刺されたような感じだが、それも違う。煙草の火を押しつけられたらしい、としばらくして気づいた。

小森が、ジーンズに手をかけてきたら、どうすればいいのか。暴れ回って、抵抗するしかないのか。久野のアパートのバスルームで、裸で縛りあげられていた敬二の姿が浮かんだ。頭を、どこかに叩きつける。そうやって、死ぬしかないという気がする。

頻繁に、電話が入っていた。ほとんどは、久野が喋っている。一度だけ、違うコール音がし、小森が出た。車の話をしていた。セルシオの五千キロ。聞きとれたのは、それだけだ。

小森商会の事務所かもしれない。ふと、そう思った。しかし、わからない。

苛立《いらだ》っているような、靴音が聞えた。近づいてくると、安彦は全身の筋肉に力を入れて、衝撃に備えた。そんなふうにして、何度かいきなり蹴られていたからだ。それでも、衝撃はひどかった。どこに来るかわからないからだ。

どれぐらいの時間が経ったのだろうか。

何時間も経ったような気がするし、ほんのわずかだとも思えてくる。

時々、携帯とは違うコール音がし、小森が取っていた。やはり、小森商会の事務所に違いない。二十四時間、電話サービスをしている、という広告が看板のそばにあったのを思い出した。社長の小森が、自分で夜の電話番をしているのだろうか。

「おい、待っても仕方ねえんじゃねえか。見つからねえよ。こいつだけ、さきにあげちまった方がいいだろう」

「もうちょっと待ってよ、洋ちゃん。やつら、懸命に捜してるからさ。そんなに、行く場所があるわけじゃねえんだ」

「やっぱり、二人揃《そろ》えて、切り刻んでやりてえか」

「洋ちゃんだっていいよ。二人並べて、ケツをぶち抜くというの。そんなのが、好きなんだろう?」

「二人並べてってのは、はじめてなんだよ」

「じゃ、待て。見つかったら、最初に洋ちゃんにやらせるから。電話サービスの当番を帰しちまってんだから、ここにいた方がいいだろうし」

やはり、小森商会の事務所だ。

とすると、西品川の敬二のアパートからは遠くない。

遠くないから、どうだというのだ、と安彦は思った。敬二は、逃げおおせればいい。それなら、できるだけ遠くへ行った方がいいのだ。

口に靴下を詰めこまれているせいか、時々、ひどく息が苦しくなった。このまま、死ぬかもしれないという恐怖感が襲ってくる。殺したところで、久野はなんとも感じはしないだろう。東京湾かどこかへ、屍体《したい》を捨てて終りだ。

海に浮いている自分の屍体を、安彦は連想した。全裸である。腐ってふくれあがり、角力《すもう》取りのようだ。それを、小魚が突っついている。

いいざまだ。自嘲《じちよう》するように、そう思った。そんなくたばり方は、考えてみたこともなかったが、自分に似合っているという気もしてくる。

靴音。近づいてきた。蹴られる。そう思ったが、股《また》ぐらに手を当てられただけだった。身をよじった。転がって、手から逃れようとした。

「まだ生きがいいね、こいつ」

ほかから声が聞えた。久野だ。靴音が近づき、腹を蹴りつけられた。息がつまり、動けなくなった。

「駄目だ、久野。ゲロ吐くぞ。口に靴下入れてあるから、ゲロが詰まって死ぬぞ」

言いながら、小森はまた股間に手をのばしてきた。動けなかった。ゲロを吐いて死ぬ手がある、と安彦は思った。しかしどうしても、胃の中のものは出てこようとしない。靴下を呑みこもうとしてみたが、それも上顎と舌にからみついたように、動こうとしなかった。

「なんだっ」

久野の叫び声があがった。

「火事じゃねえか」

「どうしたってんだ。あそこに火の気なんてねえぞ」

「消火器持ってこい、久野。燃料に引火する前に消さねえと、ここの車は全部やられてしまう」

靴音が、交錯した。もののぶつかるような音が連続し、叫び声があがった。なにが起きたのかわからない。火事は、どれぐらい離れたところなのか。火は、ここまで燃え移ってくるのか。

脇を、抱えあげられた。眼のガムテープが剝がされる。痛みと眩《まぶ》しさが、同時に襲ってきた。

「走れ、安」

敬二の声。立たされた。夢中で、走っていた。倒れそうになると、敬二が支えてくる。車に、放りこまれた。後部座席だ。急発進していく。うつぶせになっていた躰を、なんとか横にむけた。それで、いくらか楽になった。

敬二が運転していた。どこを走っているのかは、わからない。助かったのだ。考えているのは、それだけだった。

車が停った。

ドアが開き、ルームランプが点《とも》った。敬二が、後部座席に乗りこんでくる。ペンチで、針金を切ろうとしていた。なかなかうまくひっかからない。多分、肉に食いこんでしまっているのだ。

焦るなよ。言おうとしたが、声は出なかった。まだ、靴下が口の中だ。さきにそれを取ってくれ。躰を動かしてそう伝えた。敬二は気づかない。

音がした。切れたのかどうか、わからない。腕も、動かない。敬二が、安彦の肘のあたりを摑んで、手を躰の前に持ってきた。肩から背中にかけて、筋肉と骨が悲鳴をあげた。

膝に置かれた手は、手ではないもののように脹《ふく》れあがり、持ちあげようとしても動かなかった。

安彦は、顔を突き出し、口を開けた。ようやく敬二が気づいて、口の中に手を突っこんでくる。

強く眼を閉じ、安彦は息をついた。

「こいつが、つらかった」

声はかすれていた。なんと言ったのか、敬二にはわからなかったようだ。

安彦の手を揉《も》みはじめる。それは見ていてわかったが、なにも感じなかった。

「部屋で、待ってやがった」

ようやく、敬二に通じたようだ。

「済まねえ。俺のドジだ」

「なんか、飲ませてくれ」

「わかった」

敬二が、運転席に駈けこんだ。車が走りはじめる。第二京浜だろう、と周囲の景色を見て安彦は思った。すぐに停った。

車から飛び出していった敬二が、缶入りの飲物を買ってきた。

冷たい。最初にわかったのは、それだけだった。缶は、敬二が持っている。スポーツ飲料だと、二口目にわかった。

三口目から、続けざまに飲んだ。口から溢《あふ》れて顎に流れ落ちた、その冷たさははっきり感じた。

「もう一本、飲むか？」

「いや、いい」

はっきりと、声が出た。

「手がひでえよ。痛むか？」

「なにも、感じない。動かそうとしても、動かねえ」

「針金を、締めあげてやがった。ひでえぜ、こりゃ。医者に行った方がいいかもしれねえ。俺の手が腫れてた時より、ずっとひでえ」

言いながら、敬二は手を揉み続けている。

「外に、出してくれ」

「ドア、開けてる。外の空気は、入ってきてる」

「そうじゃねえ」

それ以上は言わず、安彦は足だけ動かした。敬二が支えてくる。外に立った。

「俺の腕、動かしてみてくれ。ひどく固くなってる気がする」

「わかった。こうか」

敬二が、肘を摑んで、小さく動かした。

「もっと大きくだ。肩とか背中とか、そんなところの筋が、もっとのびるように」

右腕が、肩の高さにまで持ちあげられる。ばりばりと音がするような気がした。二度、三度と続けるうちに、頭の上まであがった。次には、左腕をそうした。

少し、腕が動くようになった。手首から先の感覚は、やはりない。

敬二が、安彦の肩を揉みはじめた。背中を押す。安彦は、車のボディに腹から胸を押しつけた。

「なんか、効くような気がする」

敬二の指が、背中を押し続けた。

「動かしてみる」

言って、安彦は腕を持ちあげた。肩のあたりまであがった。ダンベルでも持ったように、手の先が重い。肘を曲げる。脹れあがった手が、顔のそばまできた。

「大丈夫だ。手の感覚はまだないけどよ。どこかへ、行こう」

「助手席の、シートを倒す。手を、できるだけ上にした方がいいと思う」

敬二が倒した助手席に、支えられて乗った。手を持ちあげる。頭の脇。頭の上。

「いいぞ」

安彦は言った。敬二は車を出した。

「よく、逃げられたな、おまえ」

「スプレーを、持ってた。この間のことがあるからよ。痴漢撃退用のやつだ。それをひとりの顔面にぶっかけて、もうひとりを刺した。ナイフも、持ってたんだ。最後のひとりにゃ、お湯をぶっかけてやったよ。俺は、服のまんま眠っちまって、風呂が出しっ放しだったんだ。ちょうどそれに気づいて止めようとしてた時、いきなり三人が入ってきたんだ」

「よく、小森の事務所だってわかったな」

「じゃねえかって気がした。『ナオミ』に連れていくわけにゃいかねえだろうし。俺は、一度おまえの部屋に行ったんだよ。そしたら、二人入っていくのが見えた。しばらく様子を見てたが、おまえはいなくて、待ってるって感じだった」

「おまえと俺と、同時にやったのさ。久野は、俺の部屋で待ってた。俺を縛りあげたら、すぐ電話してたからな」

「合鍵《あいかぎ》を持ってやがった。その部屋をおまえに貸してたと思うと、ぞっとする」

「俺がぞっとしたのは、小森さ」

「なんか、されたのか?」

「俺の股ぐらを、いやらしく揉み回しやがるんだ。頭の血管が切れそうだった。その時、火事さ」

「よかった」

「ホニだな、ありゃ」

はじめて気づいたことのように、安彦は言った。

「とにかく、小森商会に電話した。あそこは、ひと晩じゅう電話番がいるからな。小森の声だったんで、間違いねえと思った」

シートが倒してあるので、車がどこにむかっているのか、よくわからなかった。

不意に、手に異様な感覚があった。なにかが、這い回っている。

安彦は、呻き声をあげた。頭の上の手が、胸のところにきていた。無意識にそうしたらしい。

「どこだ。どこが痛い」

車は、路肩に停めたようだ。ルームランプのスイッチを、敬二が入れた。

「手だ。なんか這い回ってる。感覚が、戻ってきたみたいだ。たまらねえ。揉んでくれ」

敬二が、手を揉みはじめる。

しびれているような感じ。はっきりとある。手が戻ってきた。そう思うと、不意におかしくなった。声をあげて笑う。
しばらくして、敬二も笑いはじめた。

第四章

1

握力が、だいぶ戻ってきた。

毎日温泉に入っている、というのが効いたのかもしれない。共同浴場の脱衣場には、効能を書いた木の板がかけてある。

湯の中で、手を握っては開くことをくり返す。それを毎日やっているから、ほんとうに握力が戻ってきたのかどうかは、そこではわからない。気づかないほどに戻ったものが、何日か積み重なると、ある時ふと気づいたりするのだった。

安彦の場合、重いものを持ちあげられなかった。鶴嘴《つるはし》やスコップは使えても、重い石を支えたりすると、不意に力が抜けたようになっていたのだ。それが、平気でセメントの袋を二つ抱えることができるようになった。

「昔はよ、飯場ってのがあった。雑魚寝《ざこね》で、飯は悪くて、現場監督は肚《はら》が据ってたもんだ。流れ者の荒くれを相手にするんだからよ」

源さんと呼ばれる、頭の禿《は》げた中年男は、めしの時間になると、決まって昔の話をする。懐かしんでいるのか、いまはいいと言っているのか、よくわからなかった。

「色が黒くて、眼が気味が悪いぐらい白くて、髪が縮れてて、喋《しゃべ》ってもほとんど通じねえ。そういうやつらは、まずどこの飯場を探してもいなかったね」

そして、外国人の作業員の方を見て、感心したり嘆いたりするのである。

臨時の作業員にも、アパートの宿舎が与えられていた。二人部屋だと無料。四人でそこへ入ると、ひとりにつき月に二千円のバックがある。外国人は、大抵四人で入っている。バングラデシュとタイとフィリピンとインドネシア、という組み合わせもあった。気が合う合わないではなく、一円でも多く稼ぎたいという思いで一致している。

日本人は、二人部屋だった。アパートに日本人が六人と、外国人が二十人いる。部屋は八つで、古くなって使わなくなったアパートを修理したものだった。

安彦は、敬二と同室だった。日本人の臨時雇いが五人で、ひとり部屋の者が出てしまう。そこで本来は主任と同室で旅館に泊まるはずの敬二が、こっちへ来たのだ。ひとりで旅館の部屋を使える主任は、だから御機嫌だった。

安彦がよく知っている主任の同僚で、安彦の使い方も心得ていて、日当もほかの連中より千円高い一万六千円だった。外国人がいくら貰《もら》っているのか知らない。時々、同じ国の人間が集まってパーティなどをしているが、無駄金を使っている姿など、ほとんど見たことはなかった。国へ送金しているのだ。

別荘地の造成工事だった。

敬二の会社は、途中から下請けで二、三十人を出すことになった。渡りに舟という感じで、安彦は敬二にそれを引き受けるように言った。納期が間に合わず、途中から入る下請けは、みんないやがるらしい。急ピッチの工事になっているからだ。

山ひとつの斜面に道路を通し、崩れそうな場所を補強したり、雨水が流れるための溝を造ったりする。

朝八時にはじまって、五時に終る。休憩は昼休みだけということになっていた。

躰《からだ》を、目一杯使う。久しぶりのことだった。高校のころは、空手の稽古《けいこ》でもう立ちあがれない、というところまで何度もいった。二年近く躰を動かさないと、頭は憶えていても、躰が忘れてしまう。三日目までは、ぶっ倒れそうだった。四日目に、濡《ぬ》れた小山に穴を掘って、直径一メートルほどの土管を通す作業をやった。

濡れた土が崩れるので、手早くやらなければならない。その時、ふっと体力が限界を越えるのを感じた。空手の稽古では、激しい組手の最中だったりするが、土木工事では、なんとなくここかというところが見えて、ふっと越えてしまう。すると、なんでもなくなるのだ。

その日から、汗の出方が減った。滲《にじ》むように汗は出てくるが、流れるようなものではなくなった。躰の動きも、無駄がなくなって、かえって緩慢に見えるだろうと思ったほどだ。そうやって働くのは、悪い気分ではなかった。まるで手袋をしているように、手首から先の色が変わっていた安彦の手は、土にまみれて見えなくなり、やがて元の色になった。

チームは五班で、日本人は日本人だけで班を作り、ちょっと難しい工事をやっていた。安彦は、外国人の班のひとつに入り、ほかの班にも仕事の手順を伝えたりする役目も負った。英語は、複雑なことになるとなかなか伝わらないが、できるだけ命令口調になることは避けた。

「おまえ、学生だってな。補佐が、そう言ってたぞ。法学士さまだって」

ある日、昼休みに、源さんがそばに腰を降ろして言った。

「昔はよ、こういう工事にゃ、よく警察《サツ》に追われてる学生が紛れこんでた。学生運動なんかやってやがってよ。それで、追われたりしてんだよ。そんなのが紛れこんでるから、爆薬の管理が厳しくてよ」

「爆薬って、あの粘土?」

「そうよ。ダイナマイトなんて、あの粘土なんだ。あれで女の躰の銅像みてえなのも作れる。どういじっても、あれだけじゃ爆発しねえんだ。叩《たた》いても、マッチで火をつけても。信管ってやつをつけなきゃどうにもなんねえ」

「ダイナマイトって、筒に入ってて、火をつければ爆発するものだと俺は思ってたよ」

「使いやすいように、筒に詰めるのさ」

源さんは、ハッパの仕掛けの時は、特別待遇で出かけていく。もともと、そっちの専門家だという噂《うわさ》もあった。

「俺は、監督におまえにゃ注意しろって言ったんだ。昔、学生に盗まれたことがあったしよ。それで、爆弾作って、街の中で爆発させやがるんだ、あいつら」

「そんな話、聞いたことはあるな。俺が生まれる前の話だった」

「あれから、そんなに時間が経ったんだなあ。学生運動してるやつかもしんねえと監督に言っても、よくわからんって顔してたもんな。俺も、いいおっさんになっちまってるってわけだ」

現場の資材置場には、ロープを張って立入禁止とされている場所がある。昼間はドアが開けっ放しになっていて、粘土のようなものが積みあげられているのが見えた。あれがダイナマイトだと、敬二が教えてくれた。この工事は岩盤に悩まされ、ハッパを使うことが多かったらしい。大抵は筒に入った規格品だが、難しい岩盤を爆破する時は、専門家が爆薬の量を調節した方が、うまくいくという話だった。

「源さん、この仕事はじめて、何年？」

弁当を開きながら、安彦は言った。昼食の弁当は、宿舎のある温泉町から届けられる。夕食も、特別なものを頼もうと思わないかぎり、宿舎の隣の食堂でただだった。宿舎に風呂は付いているが、日本人はみんな共同浴場の方へ行った。

「三十三年ってとこかな」

「ずっと、地方を回ってるわけ？」

「まあ、そうだな。東京の工事でも、地方って感じがするな、俺は。あの雑踏の中じゃ、落ち着かなくてよ」

源さんには、噂がいろいろとあった。人を殺したことがあるとか、三十八の時に記憶喪失になったとか、女房に財産を全部取られた資産家だった、というようなものだ。どれもほんとうに思えたし、全部嘘《うそ》だろうと思うこともあった。噂などどうでもよく、最初に会った時から、安彦は源さんが嫌いではなかった。安彦が手に怪我をしていることを知って、それとなく庇《かば》ってくれたりしたのだ。

そういう怪我をしていたので、なおさら学生運動でもしている、と思われたのかもしれない。

敬二は監督の補佐で、監督はのべつ事務所で打合わせをしたりしているから、現場のトラブルなどの処理は敬二がやっていた。そういう時も、源さんがなにか言うと、その方向で解決がついたりするのだ。

「源さん、山口ってのは見込みあるかな？」

弁当の中身は、大体いつも同じだ。時にはスパゲティなどが食いたくなる。

「おまえが、見込みなんてこと、言うんじゃゃねえよ。臨時雇いのくせしてよ。バタバタ動き回るタイプじゃねえが、みんなに平等に仕事を振ろうとはしてる。そして、それがあの男がやらなくちゃなんねえことだろうが。つまり、ツボは押さえてるってわけだ」

「なるほどね。俺、ガキのころからあいつと一緒でさ。俺だけが心配してるんじゃなくて、お互いに心配し合う仲ってわけ」

「ダチってのは、いいもんさ。俺には、二人いたよ」

いた、という言い方がどういう意味なのか、安彦は聞けなかった。過去形というやつは、人間に余分なことまで考えさせる。

ぴったり一時に、昼休みは終る。

終りを知らせるのは敬二の時計で、いつも二、三分進んでいる。わざと進ませているのを知っているのは、安彦だけだった。だから、一時をそれほど遅れずに、作業ははじまっている。

現場の人間を全部合わせると、百人ぐらいになるのだろうか。六、七十人は、土建の方だ。あとは電気工事とか配管とか、いろいろ入っていて、よく職種は変わった。

夜の十時か十一時には寝てしまう生活だったが、安彦は気に入っていた。単純で、複雑なことがないのだ。やればやっただけ、仕事は進んでいる。

東京のことは、あまり思い出さないようにしていた。由美子には、思うところがあって旅に出る、と電話した。由美子は笑っていて、思うところというのを、戻ってきたら聞かせてくれと言った。ここからも二度電話したが、場所は言わず、ただ流れているとだけ言った。それも、由美子は笑った。男のそういうところには、寛容な女だ。また電話をしよう、とは思っていない。

敬二が、一度東京へ帰った。現場監督の代りに、会社へ行ったのだ。ついでに自分の部屋と安彦の部屋を見てきたが、なにも起きてはいなかったという。

ほとぼりは、冷めかけている。

工事は、あと五日ぐらいで終る予定だった。それで、納期にぴったりというところらしい。造成地と言っても別荘用だから、道路以外の場所の木は残されている。大雨の時以外は、工事は休みにならない。だから山を歩き回ってはいないが、遠くから木を眺めているのは好きだった。山の色が、変わってくる。ところどころが、枯れた色になったり、赤い色になったりしている。落葉の季節だった。

「久野の野郎、どう出てくると思う?」

ある夜、蒲団《ふとん》に潜りこんで明りを消した時、敬二が言った。

「野郎、二百万出したんで、テラ銭をぶったくられた責任は取らなくても済んだらしい。もともと、百万を懐に入れるつもりだったんだ。それで打った芝居で、二百万取られることになった。おまけに、借用証まで上のやつらに渡って、合計で三百万取られることになってる」

「上のやつらって、久野の芝居に騙《だま》されるようなやつらか?」

「そのあたりを、久野は甘く見過ぎてたんだと思う。なにがあろうと、決まった金が入ってくりゃ、納得して貰えるだろう、と久野は踏んでたと思うんだ。それでぶったくられた芝居をして、おまえをいためつける。そのあと、状況を見ながら、仕方がなけりゃ百万は出す。そういうつもりでいたのが、脅されて二百万。つまりそういうことさ」

「金よりも、俺をいためつけるための芝居か。本職に手を貸して貰って」

「本職まがいだな。久野の上にいるのは、幹部ってわけじゃねえ。その下にいるのは、事務所に出入りしてる、暴走族《ゾク》あがりの不良とか、そんなのばかりさ」

「それでも、久野は甘く見過ぎてたわけか」

「まあな。野郎の博奕《ばくち》はいつも甘いところがあった。好きなくせにな。今度も、甘い博奕をやっちまったってとこだ」

「三百万払えなきゃ、やつはどうなる?」

「払えるさ。もともと百万はあったわけだし、結構貯めこんでたやつなんだ。貯めこんだりするくせに、博奕もやる。だから駄目なのさ。金に執着しすぎる。いかさままでして勝とうとするのも、それだ」

「だけど、空手部の喧嘩《けんか》みてえにはいかねえな、敬二」

「いかねえよ、ほんとにいかねえ。身にしみたね。負けりゃ、フクロにされて放り出される、なんてのはガキの喧嘩だ」

夜は、冷えこんでくる。肩に蒲団を巻きつけるようにしていないと、寒さで眼を醒《さま》してしまうこともあった。

「俺が、野郎のいかさまにこだわったのが、はじまりだよな」

「関係ねえよ。足踏んだってだけでも、こんなこたあはじまっちまう。そういうもんだ。なんとなく、流されるんだ。そういうことだったと思う」

「気になってんだけど、おまえ、大学は大丈夫なのかよ？」

「ま、日頃真面目に出てるからな。ひと月ぐらい、どうってことねえ。試験期間なら話は別だけどな。いい身分だと思うだろう。俺も思う。海外から働きに来てるやつなんか見ると、ほんとにそう思うな」

「パスポートだけ、大事に抱いて、よくやると思うよ」

「あれが大事なんだ。国を出たら、あれがすべてなんだよ。そう言って、ベンジャミンが見せてくれた。命があって、パスポートがありゃ、世界じゅうどこでも生きていけるってんだよ」

「パスポートね」

安彦も敬二も、高校三年の時に取ったパスポートがある。夏休みに、空手部がグァムに招待された。航空料金だけで、むこうの滞在費は持ってくれるというやつだった。合宿の費用ぐらいしかかからず、海外旅行ができたのだ。

「空手続けてりゃ、インストラクターの仕事ぐらいできたよな」

「あのころみてえに、躰は動かねえよ、安。いま、現役の後輩とやったら、負けるね」

「だから、続けてればさ」

敬二が、ボソボソとなにか言い返してきた。安彦は、半分眠りかかっていた。

2

源さんと一緒に、東京に戻った。

仕事は終ったのだ。もともと応援のような仕事で、終る日ははっきりとわかっていた。

「やっぱり、次の仕事を探すのも東京？」

「そうなる。どこにいたってありつけそうだが、東京にある会社に出入りしておくのが一番いい。俺は、ほとんど仕事にあぶれたことはねえよ」

「そうだよな。仕事の註文《ちゅうもん》は、東京の会社に行くことが多いだろうし、地方じゃ、二十人三十人と、すぐにゃ集められないだろうし」

「おまえ、大学に行くのか？」

「しばらく、休んじまったんでね」

東京行の特急で、乗心地はよかった。乗った時から、源さんはビールを飲んでいる。

「源さんの家は？」

「ねえよ」

「だって」

「住民票ってやつは、どこかにあるだろう」

土建会社の臨時作業員には、住民票など必要ない。そうやって一年を渡り歩いても、誰も文句は言ってこない。

「浮浪者ってやつだよ、俺は」

「そんな」

「仕事をしてなけりゃ、そうなのさ。それでも、めしも食えりゃ、特急にも乗れる。病気になった時は、死ねばいいんだ」

「俺は、そこまでは思えないな」

「病気ってのはな、苦しくなる、痛くなる、躰が動かなくなる、熱が出る。そんなもんだ。治る時は治るし、死ぬ時は死ぬ」

「友だちが二人、死んだって言ってたよね」

「ひとりは、ハッパの事故さ」

源さんは、新しいビールのプルリングを引いた。酒は、ビールが三、四本というところだ。

「不発のハッパなんて、いま時そうあるもんじゃねえ。だけど、なんかで不発になる。そうしたら、取り出しに行かなきゃならねえもんな。その時、爆発しちまうなんてことは、それこそ滅多にねえんだよ」

「取り出しに行って、死んだわけ？」

「俺は見てた。手をのばした時に、爆発したね。手が、躰から離れて飛んでいくのも見た。俺とは気の合ったやつだったが、そん時が、死ぬ時だったんだよ」

「そんなもんかな」

もうひとりがどうして死んだか、源さんは言おうとしなかった。

車窓の景色が、後ろへ飛んでいく。こうして見ていると、日本もまだ緑が多いのだ。

「おまえ、こういう仕事はもうやめちまうのか？」

「学生だからね」

「学生ってのは、大抵遊んでるんじゃねえのか。南の島じゃ、遊んでるやつばっかりだな」

「南の島って？」

「沖縄とか、そういうとこさ。俺は、冬にゃそういうところで仕事をすることにしてる」

「沖縄か」

「いろんな工事がある。道路だとか、ゴルフ場だとか、リゾートとか。島だから、若いやつらは少ねえ。作業員は、東京で募集したりするんだよ」

「いいな。自由ってやつだね」

「死ぬのも自由って覚悟できりゃ、そりゃいいかもしれねえ」

「できねえよ」

「当たりめえだ。もう生きたいだけ生きた、と思わなくっちゃな」

二本の缶ビールを空けると、源さんは軽い鼾《いびき》をかいて眠りはじめた。

ひと月ぶりの東京だった。革ジャンパーの内ポケットには、たっぷり金が入っている。久野は、もう諦《あきら》めただろうか。窓の外を見ていると、何度もそれを考えた。できるなら、もう関《かか》わり合いたくはなかった。それでも関ってくるというなら、南の島に逃げてしまうのも悪くない。

「生きてりゃ、どこかで会えるな」

東京駅で別れる時、源さんはそう言った。連絡方法を訊《き》こうと思っていた安彦は、そう言われてただ頭を下げた。

自分の部屋。入るとすぐに、雑巾《ぞうきん》をかけた。こんな部屋でも、ひと月留守にすると、薄く埃《ほこり》が積もっていた。

押入れに、蒲団がひと組入れてあった。考えなくても、山の宿舎で使っていたものだということは、すぐにわかった。会社のライトバンを運転して帰った敬二が、勝手に積んできて運びこんだのだろう。

今夜から寝袋に潜りこんで寝なければならない、と思っていた。ありがたいと思う気分と、微妙に傷つけられたような気分が、交錯していた。なぜ傷つけられたと感じるのか、自分でもよくわからなかった。

掃除を終えると由美子に電話をした。

「いまどこ？」

「旅から、帰ってきた」

「長い旅ね、まったく。しかもこの二週間は、電話もしてこなかった。飢え死にしている可能性が五十パーセントはあると思ってたけど、生き延びたんだ」

「なんとかな」

「悪運が強いってやつよ」

「飲まねえか？」

夕食を誘って、由美子の仕度ができるのを待つまで、腹はもちそうもなかった。

「フラメンコの本を読んでるの」

「寝酒ってやつさ」

「あたしを、性的欲求不満のはけ口にしようと考えてない？」

「多少、考えてるとこはある」

「正直だね、安彦。いつ帰ってきたの？」

「一時間前ってとこかな」

「なにしてた？」

「なにって、部屋が埃だらけだからよ。とりあえず掃除。それ以外は、まだなにも」

「まあ、いいか。埃だらけの部屋から、鼻の穴をふくらまして、電話されたくないものね」

「じゃ、九時に『ハルマッタン』で」

「ごはんまだなら、作ってあげてもいいよ。ここへ来る間に、できちゃうよ」

心が動いた。ひと月、放っておいた。虫が良すぎるような気がする。

「もう食った」

「そう。じゃ、九時に」

押入れの蒲団を敷いた。それに寝そべり、本を三冊用意した。蒲団の中で本を読む。そういう準備がしてあれば、由美子が抱かれるのをいやがっても、ひとりで帰ってきて気を紛らわせられる。

外へ出て駅まで歩き、駅前のレストランでスパゲティを食った。宿舎の料理には、肉もよく付いていたが、なぜかスパゲティがなかったのだ。

由美子は、先に来ていた。

カウンターには、ボウモアが置いてある。

「怒っちまったぞ、お嬢。おまえが山口と残ってたボウモアを飲んじまったからな。ニューボトルを、お買上げいただいた」

「いいさ。俺、そのつもりでしたから」

由美子は横をむいている。安彦は、由美子の肩を軽く叩いた。

「久しぶり」

「いやなやつ」

「あの酒、どうしても敬二と飲みたかった。新しいのをキープしようにも、金がなかったし」

「愉《たの》しみにしてたのに」

「悪かった」

「あたしはいいのよ、別に。ボウモアぐらい、自分で買って飲むから」

「そう言うなよ、俺の酒を飲んでくれ」

「安彦が、あたしのお酒を飲んだらいいわ。山口君も一緒に飲んでいいわよ」

「臍《へそ》を曲げるなよ、おい」

「あれはね、あたしと安彦のお酒だったの」

「わかってる。だから、謝ってる」

「許せない」

尾崎は、カウンターの端でグラスを磨いていた。無表情だが、助けてくれそうな感じはなかった。

「どうすれば、許してくれる？」

「飲んじゃったもの、もうどうしようもないでしょう」

「そうだよね。実を言うと、あれを飲みはじめてから、後悔した。なんとなく、後悔しながら飲んでた」

そういう気がする。ちょっとは、由美子のことも考えたのだ。

「いつまで怒ってても仕方ないから、今度は許してあげる。その代り、このボトルはあたしと安彦の名前にして」

「勿論《もちろん》さ」

「まったく。ひと月も旅に出てたかと思うと、あたしが愉しみにしてたお酒飲んじゃったりして。九州の女は、本気で怒ると怕《こわ》いんだからね」

「どんなふうに？」

「怒ってみせようか」

「やめてくれ」

尾崎が、ロックグラスを二つと、アイスペールを出した。

「とにかく、一杯目は安彦が作ってね」

「今夜は、全部こいつに作らせな、お嬢」

「そんなこと言って、マスターも罪がないわけじゃないんだからね。あたしが来た時以外は出さないって言ったの、はっきり憶えてるんだから」

「そりゃまあ、そんなことを言ったが」

「そうだ。あの時、マスターが出さなきゃよかったんだ」

「新井、つまらんこと言うと、あれをバラすぞ」

「え、あれってなに、マスター」

由美子が、カウンターに身を乗り出した。

「こいつが浮気したら、どうする、お嬢？」

「そんな、マスター、勘弁してくれよ」

「ほかに恋人作ったら、それはそれでいいよ、安彦。その時は、すぐに言ってね。あたしも、そうすることにするから」

「待て待て、お嬢。あんまり追いつめると、こいつは俺みたいにアフリカに逃げちまうぞ」

「マスター、女の人から逃げて、アフリカへ行ったの？」

「まあ、そんなふうに説明すると、誰もが納得する。ということは、男はいつだって女から逃げたいという気を持ってるってことだ。特に、新井には放浪癖があるからな」

店の名の『ハルマッタン』は、サハラ砂漠の南の方の国に出る、砂の霧だという。細かい砂の粒子が宙を漂い、まるで霧のように見えると言うのだ。

尾崎が行っていたのはコートジボワールという国で、なぜそんなところへ行ったのか、理由は知らない。四年、そこに住んでいたという。

「アフリカって、いいよね、マスター」

「お嬢は、スペインが好きなんじゃなかったか?」

「ピレネーを越えればアフリカだって、ナポレオンが言ったの。だからスペインもポルトガルも、アフリカ」

「そりゃ、ナポレオンにとってだろう」

「ほかのヨーロッパ諸国より、アフリカに近いってことよ」

「まあ、モロッコとかチュニジアとかだろうね」

ほかに、客はいなかった。尾崎は、由美子を気に入っている。もの言いや、酒の飲み方が嫌いではないのだろう。気に入らない客の時は、ほとんど必要なことしか喋らない。

「由美子、マスターに一杯奢《おご》ってもいいか?」

「勿論。それから、安彦はそれだけにしておいて」

「なんだ、車か。どこに駐《と》めた?」

「タクシーよ」

「えっ、じゃ」

「まだ、お仕置してないもん」

「おい、いい加減にしろよ。謝ったじゃねえか」

「冗談よ。それぐらい、言ってもいいでしょう」

　頭に血が昇りかけていた。その気配を、由美子はすぐに見抜く。由美子を相手に頭に血が昇ったからといって、暴れるわけではない。悪酔いもしない。金持ちの娘であること。それが金のない人間をどれだけ傷つけるか、ということを反論できないほど言い募《つの》る。つまり、由美子の裏返しのコンプレックスを、徹底的に刺激してやるだけなのだ。意地の悪いやり方だ、と自分でも思う。

「安彦、手」

　由美子が、声をあげた。

「すごい、こんなになってる」

安彦の掌《てのひら》の皮は、ひと月ですっかり厚くなっていた。厚い皮は、ひからびた肉のように、堅く、割れてしまいそうな感じになっている。鶴嘴やスコップを持っていて、こうなってしまったのだ。

「見たことないのか、労働者の手。俺は、働きながら旅をしてた。旅先の仕事なんて、肉体労働しかないんだ」

「すごい。スポーツ選手みたいよね」

拳《こぶし》の方にも、タコがある。巻藁《まきわら》を素手で打ち続けた。その名残りだ。

「マニキュアを塗ってさ、寒けりゃ上等の手袋をする。そんな生活じゃ」

「やめてよね、意地悪を言うのは。久しぶりに会ったんだから」

「わかった」

尾崎は、笑いながら聞いている。

「コートジボワールって、砂漠なのか、マスター？」

話題を変えた。

「象牙《ぞうげ》海岸よね、日本語にすると」

「熱帯雨林だな。まず、熱帯雨林で、北へ行くにしたがって、サバンナになる。それからさらに北へ行くと、砂漠だ」

「旅行で、行けるんですか？」

「行けるさ。ただ、日本人の旅行者なんか少ない。パリから、また七、八時間かかるし、ちゃんとしたホテルがあるのは、アビジャンぐらいだ」

「いいな。言葉の響きがいい。コートジボワールとか、アビジャンとか」

ハルマッタンというのも、見てみたかった。

考えてみれば、行きたい土地はいくらでもある。友人の中には、夏休みを利用して、パック旅行で出かけるやつも多い。

「安彦は、グァムに行ったことがあるんだっけ」

四泊五日で、すべての旅行が五万に満たなかった。もっとも、ホテル料金は払って貰っている。その代りに、一日に一度、型と組手をやったのだ。

由美子は、アメリカもスペインもイタリアも行っている。パリで三週間暮したこともあると言っていた。要するに、世界が違うのだ。

「俺は、アフリカへ行くよ、マスター。コートジボワールから北へ、北へと流れて」

「おう、それなら、ブルキナファソに入り、マリかニジェール、そしてアルジェリアってコースがいいな。お嬢と行くなら、モロッコかチュニジアだな」

「あたし、少々原始的な生活でも大丈夫よ。砂の上に寝るのなんか平気」

「そりゃ、海岸の砂を連想してる。砂漠の砂は、粉と思った方がいい。歩くと、足もとから煙が出るね」

「そんなに」

「どこにでも、入りこんでくる。まあ、女の方が耐久力はあるというが」

「言葉は？」

「フランス語が多い」

「それなら、あたしばっちりだ」

安彦は、英語がそこそこで、第二外国語のドイツ語も会話は覚束《おぼつか》ない。

尾崎も、フランス語が喋れる。四十八歳になったこの酒場の主人は、実際のところ結婚しているかどうかもわからない。それを詮索《せんさく》してみよう、という気も起こさせない男だ。痩《や》せた頬、煙草《たばこ》のヤニがこびりついた歯、がっしりした骨格。

「小僧は、大人しく飲んでろ」

気に食わないことを言うと、そう吐き捨てて相手にしてくれなくなる。

アフリカの話を一時間ほどして、店を出た。客が三人入ってきたからだ。

「山口も連れてこい。男同士で飲むのも悪くないぞ」

このひと月、ずっと一緒だったとは言えず、安彦はただ頷《うなず》いた。

「アフリカ、一緒に行こうね、安彦」

タクシーが拾える通りまで歩きながら、由美子が言う。

「通訳ぐらいなら、あたしできる」

「俺はいつも、働きながらだぜ」

旅行をした経験は、実のところほとんどない。それでも、気持の中ではよくやった。地図を見ていると、その土地の情景が想像できるのだ。

「約束してよ」

「覚えておく」

「なんで、約束してくれないの？」

「守れるかどうか、わからない。だから、覚えておくという約束しかできねえ」

「それでいい。男はそれでいいのよ、安彦。できない約束をする男が多すぎる」

大きな通りへ出た。手をあげると、すぐに空車が寄ってきた。代官山、と安彦は言った。

3

電話が鳴ったのは、部屋へ帰ってしばらくしてからだった。

「電話だけで、話しといた方がいいかな。おまえ、俺と会うのはおっかねえだろう？」

久野だった。全身に鳥肌が立った。まったく、蛇みたいにしつこい男だ。

「どうして、俺が帰ったことがわかった。毎日、電話でもしてたのか？」

「馬鹿。山口の会社に、友だちだって電話を入れたんだよ。長野へ行ってたんだってな。おまえも一緒だって、誰にだってわかる。戻ってくる日も、親切に教えてくれたよ」

「用事を言え」

「金さ」

「ないね。あるわけねえだろう」

「あるさ。おまえ、長野でずっと肉体労働だろう。結構入ったんじゃねえのか?」

「それを、なんであんたに渡さなきゃならない?」

「俺は、お前のために、三百万ばかり損をした。もっとも、金を使ったんで、いろいろな権利も増やして貰ったけどな。俺は、組織にゃ入らねえ。上納を取られるだけだし。だから、金を使って連中の力を利用して、さらに儲《もう》ける。頭を使ってるわけよ」

「その頭で、三百万損をしたんだろう。空っぽってことじゃねえか」

「よく言うな」

久野の方が、頭に血を昇らせるのがわかった。

「てめえらが生きてるかぎり、三百万は回収できる。たっぷり利子もつけてな」

「俺、切れるよ、久野さん。これ以上俺にしつこくしたら、切れちまうよ」

「ほう、切れてどうすんだよ。裸踊りでもするか」

「電話しねえでくれ。顔《つら》も見せねえでくれ」

「いいとも。口座番号だけ言うから、金を振り込んでおいてくんな」

「寝呆《ねぼ》けてんのか」

「いや。おまえは、これから俺に上納を出すんだよ。おまえがいくらジタバタしたって、俺は三百万は回収するつもりだ。人も動かせるしな。懲りたろう、この間で」

「懲りねえってのは、あんたのことさ」

不思議に、頭に血は昇らなかった。それを、通り過ぎてしまっている、という気もする。安彦は、笑い声をあげた。自然に、笑い声が出てきたのだ。

「なんだ、いいのかよ、笑って」

「あんたの言うことを聞いてると、かわいそうだと思ったが、しまいにゃおかしくなっちまった。済まねえな」

「おい、新井」

電話を切った。コードも、根もとから抜いた。しばらく、そうしていた。馬鹿げていた。こちらからそうする理由など、なにもないのだ。

コードを繋《つな》ぐ。

蒲団に寝そべった。枕は、本が三冊だ。敬二は、枕まで持ってくる気は回せなかったらしい。電話が鳴る。

「捜してたんだ」

敬二からだった。

「どうした？」

「久野の野郎が、なんか言ってこなかったか？」

「いや」

「そうか、野郎も、おまえをつかまえることができなかったんだろう。いいか、安、野郎は電話してくるはずだ。おまえと俺に、上納金を出せってな。金出して、野郎は組織と渡りをつけやがったのさ。だから、強気になってる」

「それで？」

「相手にするな。二、三日うちに、俺がなんとかするからよ」

「やめとけ。俺は相手にしないし、おまえもそうした方がいい。あいつと、同じ次元の人間にゃなりたくないよ」

「そうか、落ち着いてるな」

「面倒があったら、またどこか地方の工事に行けばいい」

「大学があるよ、おまえにゃ」

「心配するなよ。友だちがいる。このひと月のノートも、コピーしてくれることになってる。法律の勉強なんて、まずは本を読むことなんだ。あとは、試験を受けりゃいい」

「そんなもんか？」

「高校と違うんだ」

「だけどな」

「今度、地方の工事に行く時は、本も持っていく。いろんな地方へ行って工事なんかするの、俺は嫌いじゃねえってことを発見した」

「そりゃ、うちは地方の工事がかなりあって、みんな行きたがってない。それを志願して行ったりすると、査定があがる。現場監督になる早道だって、よく言われちゃいるが」

「いいじゃねえかよ。志願しろよ。いつも付き合えるってわけじゃねえが、久野みてえな野郎から逃げるにゃ、ちょうどいい。そのうち、久野は逮捕《パク》られるか、自滅するかだ。待ってりゃいいんだよ」

「おまえ、変わったな、安」

「そうかな」

「頭に血が昇ると思った。アドレナリンが吹き出して、押さえる方法なんかなくなるんじゃねえかと心配してたんだ」

安彦は、低い声で笑った。

「自分のことを、心配しろよ、敬二」

「俺が言われるのか、おまえに」

「お互い、大人だ」

「そうだよな。成人式は去年だった」

「なあ、源さんが言ってたけど、冬は沖縄の方の工事がいいらしい。大学は、冬は試験だけと言ってもいい。あとは暇だ」

「沖縄かあ」

「その気になりゃ、泳げるってよ」

「俺たち、グァムしか行ったことねえもんな。だけど、沖縄の工事がうちに入るかどうか、わかんねえよ」

「建設会社は、現地だけど、土建の方まで現地じゃ手が回らねえと言ってたぜ、源さん。とにかく、毎年沖縄だって言うんだから」

「十人ぐらいのチームで行っても、結構仕事は出来るよな」

「そうさ。本島じゃ駄目だ。若いやつが少なくなった離島を捜すんだよ」

「上に、訊いてみる。そんな引き合いが来てねえかどうか」

「俺の言うこと、正解だろうが」

「まったくだ。あんな野郎をまともに相手にしてちゃ、こっちがおかしくなってくる。ただ、東京にいる時は気をつけろ。小森っての、いまは中古車屋だが、三年前までは修理屋でな。暴走族用のチューンなんかやってた。そっちのやつらを雇ったりもしてる」

「おまえのバイク、小森のとこでチューンしたのか?」

「もう、俺のバイクじゃねえよ」

電話が切れた。

まだ、午後三時を回ったところだった。由美子の部屋で、昼めしを食って出てきた。由美子は、ペペロンチーノが得意だ。

しばらく、天井を眺めていた。

アフリカもいいな、と安彦は思った。グァムとは、まるで違うだろう。日本語を使うやつもいなければ、日本人を見たことがあるやつもいないかもしれない。

砂の粒子が、霧のように漂っている街。季節が変わり、風が逆の方向になると、砂の霧は払われ、びっくりするように鮮やかな景色が眼の前に拡がるという。光は、強烈なのだ。そして、それを遮るものが、なにもなくなってしまうのだ。

一瞬、アフリカの光が、灼《や》けつくように射してきたような気がした。日本に、これから冬だった。その冬の光の中に、アフリカの光が紛れこんでくる。悪くない。二日もあれば、行けるのだ。

首のあたりが、強張《こわば》っていた。本の枕のせいらしい。まったく、敬二のやつは。声に出して呟《つぶや》いた。どうせ蒲団をかっぱらってくるなら、枕まで思いつけばいいのだ。あの宿舎にあった枕は、モミ殻で寝心地は悪くなかった。

上体を起こし、首を回した。

午後から大学に顔を出そうと思って、由美子の部屋を出てきたことを思い出した。夕方なら、喫茶店か雀荘《ジャンそう》を捜せば、誰かいる。ひと月休んだ間の情報は、そこで取れるだろうと思っていたのだ。

その気もなくなっていた。

安彦は、押入れに上体を突っこんだ。下の段は、整理もせずにいろんなものが放りこんである。空手の道着が出てきた。黒い帯が巻いてある。ほかに登山ナイフ、サングラス、毀《こわ》れたラジオ、古い辞書、懐中電灯のようなものが手に触れた。

自分がなにを捜そうとしているのか、しばらく考えた。それから、また蒲団に横たわり、すぐに身を起こした。小さな机。抽出《ひきだし》に、ビニール袋に入れたものが収《しま》ってある。パスポートとか学生証とか、麻雀の勝敗の結果表のようなものが入っている。クラスの名簿も、四つに畳んで入れてあった。

一応それはポケットに突っこんだ。ほかに大事なものは、なにも見当たらない。

こんなものか。そう思った。革ジャンパー。セーター。それから、マフラー。マフラーは、細い毛糸で編んであった。由美子から貰ったものだ。革ジャンパーの上にそれを巻くと、まだ暑すぎる感じがした。小さなバッグを出し、下着などと一緒にそれを詰めこんだ。

夜逃げでもするようだと思い、安彦はまた蒲団に寝そべった。

遠くで救急車のものらしいサイレンが聞えていた。それは、いつまでも近づいてくることはなく、やがて熄《や》んだ。

しばらく、眠ったようだった。

窓の外は、暗くなっていた。安彦は、電話に手をのばした。

「どうしたの?」

由美子は、二回のコールで出た。

「別に。ただ、覚えている、ということを伝えようと思って」

「なによ、アフリカの話？」

「そう。あれ、俺は忘れないから」

「約束だもんね」

由美子が、低く笑った。忘れない、という約束。それならば、できる。

電話を切ると、安彦は時計を見た。六時十八分。『ナオミ』に電話を入れた。女の子が出て、すぐに久野に代った。

「おう、その気になったか？」

「口座番号を」

「利巧だよ、それが。俺にゃ、いくらでも時間があるんだ。おまえがどこへ逃《に》げたって、東京に戻ってくればすぐわかる。待ってるだけでいいんだからよ」

「少しずつしか、払えねえよ」

「一度に、三百万なんて思ってねえさ。まあ、月に二十万は払いな。きっちり払い続けたら、三百五十万で終りだ。利子も入れてな」

同じように敬二にも払わせるとしたら、七百万になるのか。おかしくなり、安彦は少し笑った。

「笑ったのか、おまえ？」

「なんとなく、安心した」

「そうだよ。きちっと払うものを払っておきゃ、なにも起きねえよ。逆に、おまえになにか起きた時は、助けてやらねえでもねえ」

「俺は、もうなにも起こさないよ」

「いいさ、それは。口座番号言うからな。メモの用意をしな」

「待ってくれ」

書き取る気はなかった。メモ用紙も、鉛筆さえも見当たらない。久野が、二度番号をくり返している。

「最初は、いつ入れる？」

「今夜は、もう無理だよ」

「明日、一番にしな」

「わかった」

電話を切った。次にどこにかけようか考えたが、かけるところはどこにもなかった。

4

西品川の食堂で、カツ丼《どん》を食った。

それから、敬二の部屋まで歩いていく。まだ戻っていなかった。合鍵は持っている。ぶらさげていたバッグだけ、放りこんだ。

駅は、大井町か大崎が近くだった。

なんとなく歩いていると、戸越公園の駅に出た。反対の方向に歩いてきたのだと、その時はじめて気づいた。

引き返した。途中に小さな公園があり、そこでしばらく時間を潰《つぶ》した。煙草を喫《す》った。あまりうまくなかった。

三十分ほど、歩いた。

店のそばに、バイクはなかった。売り飛ばしたのかもしれない。

十一時を回ったところだった。しばらく歩くと、工事現場があった。鉄骨が組まれただけのビルで、ビニールシートが下部を覆っている。上の方は、網だ。周囲に組まれた、鉄パイプの足場を見あげた。それから、安彦は、シートを潜り、工事現場に入っていった。

まだ、土が剝《む》き出しで、土台の捨コンだけが打ってあり、鉄骨はそこから空にのびている。十二、三階というところだろうか。

切り落とされた鉄パイプ。一メートル以上あった。長いし、重すぎる。拾いあげたが、すぐに捨てた。指さきに土がついている。

短い鉄パイプがあった。それはシートの重しに使われていて、端に紐《ひも》で縛りつけてあるだけだった。紐ごと、シートからむしり取った。長さは、四十センチというところだろう。安彦は、それを握って一度振ってみた。握り具合は、悪くなかった。木刀でも持ったような感じだ。紐は、二メートルほどある。

道路に出て、近くの公園まで歩いた。

鉄パイプの端に、紐を巻きつける。何度かくり返したが、強く振ると抜けそうな気がした。紐を取り、捨てた。

ベンチに、横たわる。

街に闇《やみ》などはなかった。空もぼんやりとした暗さだ。

山の闇は、気持がいいぐらいに深かった。月の明りだけで、闇はまた姿を変え、遠くは見えるのに、近くはあまりよく見えなかったりして、人間を眩惑《げんわく》するのだ。夜のそういう変化が、安彦は好きだった。

街の闇は、いつもどんよりとしている。

時計を見て、安彦は躰を起こした。

鉄パイプはジーンズのベルトに差し、ジッパーを首のところまであげた。

決めていた路地に、安彦は腰を降ろした。そこからは、ちょっと首を出すだけで『ナオミ』のドアが見えた。

人通りは少なくなっている。

ドアが開き、客が出てきた。店の女二人も一緒だった。久野が、見送りに出てきている。それから、ドアが閉まった。

一時間以上、待った。スーツを着た若い男が出てきて、車を持ってきた。

店の中には、最低二人いる。その二人が、別々になることはないような気がした。少ないと言っても、人通りがまったくないわけではない。

安彦は腰をあげ、店の方へ歩いていった。

ドアを押す。

「閉店だよ」

若い男が、ぶっきら棒にそう言った。久野は、奥の席で入口に背をむけるようにして、電話をしていた。二人だけだ。

「閉店だって言ってんだろうが」

男の声が、荒々しくなる。久野がふりむいた。

「なんだ、おまえか」

電話を切り、テーブルに置いて、久野は立ちあがった。男に、手で合図をした。それははっきりわかった。男が、久野と安彦の間に立つように、移動してきた。

「俺に、挨拶《あいさつ》でもしとこうって気になったのか」

「挨拶する気はないな」

「じゃ、なにしに来た？」

「その薄汚い顔《つら》を見ないで済むには、どうすればいいかと思ってね」

「てめえのような馬鹿は、やっぱり息の根を止めてやらなきゃなんねえんだな。死なきゃ、治らねえってやつだ」

安彦は、もう喋ろうとしなかった。

一歩前へ出ると、若い男も踏み出してきた。

のどの奥に、なにか詰まっているような気がした。このまま、背をむけて逃げ出す自分の姿を、安彦は一瞬想像した。踏み出す。もう、全身に汗が噴き出していた。

「新井、言っとくが、土下座するならいまのうちだぞ。死にてえなら止めはしねえが、命を棒に振ることもねえだろう」

男が、いきなりウイスキーの瓶を投げつけてきた。頭を下げてかわし、安彦はそのまま突っこんだ。ぶつかった男が、弾き飛んだ。立ちあがってくる。蹴《け》りを出し、踏みこみ、正拳《せいけん》を出す。頭ではそう考えていたが、躰はそう動いていなかった。蹴りつけてきた男に、両腕で組みついただけだ。男はふりほどこうとして、安彦の顔を肘《ひじ》で打った。安彦は、頭を叩きつけた。もう一発、肘を食らった。不意に、全身に血が駈け回るのを感じた。叫び声をあげる。男に拳を叩きつける。倒れた男が立ちあがり、匕首《ドス》を抜いた。久野も、匕首を構えている。どうしていいか、わからなかった。眼に流れこんだ汗を、安彦は手の甲で拭《ぬぐ》った。匕首が突き出されてくる。とっさによけていた。テーブルが倒れる。俺も、なにか持っていた。そう思った。思っただけだ。また突き出されてきた匕首を、上体をそらして避けた。殺される。匕首を握った男が二人だ。逃げろ。逃げた方がいい。足は動かなかった。男の匕首。執拗《しつよう》だった。匕首を握った腕を、上から押さえるようにして、組みついた。膝《ひざ》が折れ、安彦は床を転がった。立った。ようやく、痛みが全身を走り回った。腿《もも》。刺されていた。どれぐらいの傷かはわからない。ジーンズには、血のしみが拡がっていた。叫んだ。怒りとか、恐怖ではない。生きたいという気持。それだけが強くなった。生きるためには、闘うしかない。

「殺せ、吉田。刺し殺せ」

久野の声。頭に血が昇ってきた。叫んだつもりだったが、口から出たのは唸《うな》り声だった。匕首。かわした。久野の匕首も、斬《き》りつけてくる。風。頬をかすめた。転がった。鉄パイプ。思い出した。摑《つか》み出す。匕首が手の甲を斬り、鉄パイプが飛んで床に落ちた。さらに匕首が追ってくる。とっさに、安彦は椅子を摑んだ。前に出すようにして、構えた。久野の匕首が、横から突き出されてくる。椅子を横に払った。肩に当たり、久野が吹っ飛んだ。椅子を、男に投げつける。鉄パイプ。拾いあげた。振り回す。躰がぶつかる。一瞬、男の息が顔に当たった。跳び退《すさ》った。追うように、匕首が出てきた。鉄パイプで叩き落とそうとしたが、宙を打っただけだ。息が苦しかった。躰が、自分のものではなかった。座りこんでしまおうか。そういう誘惑がある。肚の底から、声を搾《しぼ》り出した。匕首。鉄パイプとぶつかり、火花が散った。蹴りあげた。はじめて、まともな蹴りが出せたと思った。男の躰が二つに折れている。後頭部に、鉄パイプを叩きつけた。血が飛んだ。もう一度、渾身《こんしん》の力で叩きつける。鉄パイプに、骨が砕ける感触がはっきり伝わってきた。

肩に衝撃があった。腰にもなにかぶつかってきた。安彦は頭を下げ、飛んでくるボトルを避けた。カウンターの中から、久野が手当たり次第に、ボトルを摑んでは投げている。壁に当たって割れたボトルから、ウイスキーが飛び散り、頭にかかった。安彦は、三度大きく息をつき、カウンターにむかって歩きはじめた。

「来るな」

かすれた叫び声をあげ、久野はボトルを投げ続けた。見当違いの方向へ飛んでいくのが多く、正面に飛んできたボトルは、鉄パイプで叩き割った。

「来るなよ、来るんじゃねえ」

久野が叫び続ける。安彦は、カウンターに片手をついた。いきなり、匕首が突き出されてきた。久野の肘のあたりを、安彦は左腕で抱えこんだ。匕首を握った手に、鉄パイプを叩きつける。匕首が飛んだ。耳もとで、久野がいやな叫び声をあげた。腕を、そのまま引いた。鉄パイプを捨て、右手では久野のスーツの襟を摑む。久野の上体が、カウンターに覆い被さってきた。力を籠《こ》めて、引いた。カウンターを乗り越えた久野の躰が、床に落ちる。右手の指が三本、反対むきに垂れ下がっていた。顎《あご》を蹴りつける。床に頭をうちつけた久野が、全身をふるわせた。襟を摑んで引き起こした。久野が歯を剝いた。自分の力では、立てないようだった。顎を摑む。そのまま、叫び声をあげて走った。躰ごと、久野を壁に叩きつけた。久野の吐く息が、安彦の顔にぶつかった。右手で摑んだ顎を引き寄せ、壁に叩きつける。二度、三度。わかったのはそこまでだった。壁に叩きつけ続けていた久野の躰が、ひどく重く感じられてきた。手を放し、安彦は床に尻をついた。何度も、息をついた。いくら深く吸っても、躰に空気が入ってきていないような気がした。仰むけに倒れる。起きあがれない。ここで匕首を突き立てられても、かわすこともできない。自分の胸が、波打っているのがわかるだけだ。

ようやく、呼吸が鎮まってきた。

店の中は、静かだった。静かすぎるほど静かで、安彦は身動きするのにさえ、恐怖に似たものを感じた。

上体を起こす。壁に凭《もた》れたままの久野が、すぐそばにいた。首が、おかしな具合に曲がっている。それを直そうと、安彦は手をのばした。久野の躰は、横に倒れた。

息はしていなかった。眼の前にあるのは、すでに人間ではなく、ただの物だった。殺したのだ。しばらくして、そう思った。ほかのことは、なにも考えなかった。

眼を閉じた。汗がひき、躰が冷えはじめている。相変わらず、静かだった。ちょっと身動きをすると、床をジーンズが擦る音が、ひどく大きなものとして聞えた。

安彦は躰を起こした。立ちあがりかけた時、右腿に激痛が走った。ジーンズは、膝の下まで血で赤く濡れていた。自分の血ではないような気がした。カウンターに摑まるようにして、ようやく立った。

右脚を引き摺《ず》らなければ、歩けなかった。

男が、うつぶせに倒れている。後頭部で、血が塊になっていた。耳からも口からも、どろりとした血が流れ出している。そして、息をしていなかった。

椅子をひとつ起こした。腰を降ろす。ポケットを探って、潰れた煙草を出した。火をつける。何度か、続けざまに煙を吐いた。不意に、頭から血がひくような感覚に襲われた。眼を閉じた。視界が、黒くなってしまいそうだったのだ。

煙草を捨て、踏み消した。

倒れている男の、ポケットを探る。車のキーが出てきた。

5

階段を昇るだけで、精一杯だった。

六、七メートル先に、ドアがある。そこまで、とても歩けない、と安彦は思った。

壁に手をついて、躰を支えた。一歩。なんとか進めた。二歩目は、いくらか楽だった。同じ動きをくり返せば大丈夫なのだ、と思った。不意に違う動きをすると、力が抜け、痛みが走り回る。

ドア。ノブに手が届いた。回そうとすると、内側から回った。ドアが開く。敬二。立っていた。よう。声を出したつもりだった。気づくと、敬二に抱きとめられていた。

敬二が、ジーンズをナイフで切り裂いていた。腿の傷。どれぐらいの深さなのか。出血は多いような気がした。敬二が、ガーゼで血を拭っている。

「殺しちまった」

敬二の手の動きが、束《つか》の間止まった。

安彦は、天井を見ていた。人を殺した、ということがはっきり自覚できた。

「一緒にいたやつも、殺しちまった。二人だよ」

敬二は右手の消毒をはじめた。

「この間、やられてから、薬や繃帯《ほうたい》をいっぱい買っておいた。役に立った」

呟くように、敬二が言った。消毒をしても、傷に痛みはなかった。

「どれぐらいの傷なのか、よくわからねえ。腿の傷は、そんなに深いとは思えねえし、手の傷は長いだけだ。だけど、わからねえ。俺は医者じゃねえし」

「どうってことねえさ」

「明日まで、様子を見よう。朝になってもまだ出血しているようだったら、病院につれていく」

「よしてくれ。このままでいい」

「出血が止まらなきゃ、病院さ。おまえを死なせるわけにゃいかねえ」

「傷なんて、そのうち塞《ふさ》がるさ」

敬二は、ガーゼを傷口に当て、紙テープで貼《は》りつけた。安彦は上体を起こした。

「動くな」

「トイレだよ」

敬二にかかえられた。トイレに入ると、安彦は一度吐いた。それから、濃い小便を出した。ドアのところで、敬二が待っていた。

「気持が悪いのか？」

「どうってことないと思う。吐きたいのを、我慢してたんだ」

横たえられた。

「荷物だけ、あった。なんのつもりだ、と思ってた。また、部屋に久野が行ったのか？」

「いや。俺が『ナオミ』に行った」

かすかに頷き、敬二は煙草をくわえた。安彦は左手を出した。火がついた煙草が、指に挟みこまれた。煙を吸っても、気持が悪くはならなかった。

「なんで、ひとりで？」

「気がついたら、『ナオミ』の前に突っ立ってた」

「逃げるって言ってたじゃねえか」

「どっちにしろ、俺は逃げなきゃなんねえよ。だけど、ただ逃げたくはなかった」

「殺してから、逃げるってか。大人じゃねえよ」

「確かに、大人じゃない。大人じゃなくてもいいと思った。男じゃなくなるより、ずっといい。俺は、金玉をなくして逃げたくはなかったんだ」

「わかる。気持は、いやというほどわかる」

「だけど、殺すべきじゃなかったか」

「いや、俺も誘うべきだった。怪我で済んだが、下手すりゃおまえが殺されてたろう」

「あんなやつらに？」

「心臓を刺せば、女でも殺せるぜ」

「わかったよ、もう。俺は、刃物を持っていったわけじゃねえ。工事現場で拾った鉄パイプさ。そして、卑怯《ひきょう》な真似はしなかった」

　安彦は、敬二が差し出した灰皿に、灰を落とした。

「眠れるか？」

「わからねえ」

「酒は、傷によくねえと思う」

「飲みたくもねえさ」

「スポーツドリンクみたいなのを、買ってくる。それから、おまえが乗ってきた車を、どこかに置いてくる」

「待てよ。俺は、あれで逃げようと思ってるんだ。朝になったら、出ていくから」

「なに寝言を並べてやがる。車は、俺が乗ってるのを使えばいい。とにかく、おまえはいま休むんだ」

「俺は、おまえのところに転げこもうと思ってたわけじゃねえんだ」

「わかってる。とにかく、じっとしてろ」

敬二が立ちあがった。

ひどく気怠《けだる》く、安彦はそれ以上声をかける気になれなかった。眼を閉じる。眠れるわけがない、と思った。

汗がひどかった。シャツが濡れている。

外は明るくなりはじめていて、敬二は安彦のそばに腰を降ろしていた。

「眠ってたのか？」

「ああ。ひどく呼吸が早かった。汗もかいてて、拭《ふ》いても拭いても、駄目だった。熱はねえと思うんだがな」

「熱なんか、ないさ」

「とにかく、シャツを替えろよ。俺のTシャツが、いくらでもあるから」

上体を起こし、裸になった。背中のあたりに痛みがある。動かすと痛い、という程度だ。ほかに痛いところはなかった。

差し出されたスポーツドリンクを、安彦はひと息であけた。躰が、水分を欲しがっていることに、はじめて気づいた。

「もう一本、くれ」

黙って、敬二はプルリングを引いた缶を差し出した。今度は少しずつ、安彦はそれを飲んだ。それから、煙草に火をつけた。

「血のついた服を、始末してくる。繃帯とか化膿《かのうど》止めの薬とかも、買ってくる。あの車は、しばらく見つからねえだろうから、心配するな」

「俺は、ここを出ていく」

「いい加減にしろ、安。俺がそうなっておまえの部屋に行ったとして、黙って出ていかせるか、おまえ？」

それはそうだ、と安彦は思った。眠る前は、あれほど人を殺したという感じが生々しかったのに、また曖昧《あいまい》なものに戻っていた。

「俺は、やることがあるから、また出かける。眠っていられるか？」

「わからねえよ」

「どっちにしろ、じっとしてろ。どうやら、腿の出血は止まりそうな感じだからよ」

「痛いのかどうかは、動かさねえとわかんないな」

「動かすな。絶対に動かすなよ。出血するぞ。出血したら、病院に運ぶぞ」

鎮痛剤らしいものは、飲まされている。だから痛みは弱いのだろう、と安彦は思った。煙草を一本喫う間、敬二はずっとそばで見ていた。

安彦は、眼を閉じた。

すぐに眠ったようだった。おかしな夢を見て、眼醒《めざ》めた。東京に霧の砂がやってきて、コートジボワールに変わっていく夢だった。

敬二から借りたTシャツは、ちょっと湿っている程度で、それほど汗もかいていないようだ。眼を閉じた。今度は眠れなかった。人を殺したという感覚は、やはり曖昧だった。それも、夢のような気がする。

台所の方で、人の気配がした。安彦は、眼を開き、そっと上体だけ起こした。覗《のぞ》きこむと敬二が玄関のところに寝ていた。

「風邪ひくぞ、おい」

安彦は言った。いきなり、敬二が起きあがった。コンビニの袋を差し出す。サンドイッチだった。

敬二は、そのままトイレに飛びこんだ。しばらく出てこなかった。袋はもうひとつあり、繃帯やら薬やらが入っていた。

安彦は、腿の傷を覗きこんだ。

ほとんど、出血はしていないように見えた。

6

濃紺のアウディだった。

どこかで見たことがある、と安彦は思った。もっとも、濃紺のアウディは少なくない。

後部座席には、安彦のバッグが放りこまれていた。敬二は、助手席のシートをいくらか倒し気味にして、安彦の躰を押しこんだ。シートに躰を埋めると、安彦は腿から力を抜いた。筋肉の張りが押しやっていた痛みが、じわりと腿の奥の方に拡がってくる。

別なバッグをひとつ後部に放りこみ、敬二は乗りこんできた。

「心配するな。『ナオミ』は騒ぎになってねえよ。つまり、まだ誰も気がついてねえってことだ。夕方、女が出てきた時だろう」

晴れた日だった。なにもかもが嘘になってしまいそうなほどの、明るい光だと安彦は思った。煙草に火をつけた。敬二が、エンジンをかける。

「大丈夫か？」

朝、戻ってきてから、敬二の様子はおかしかった。敬二が三度目にトイレに駈《か》けこんだ時、安彦はそれに気づいたのだった。吐いている気配が、はっきりと伝わってきた。買ってきたサンドイッチにも飲物にも、口をつけようとしなかった。腹がおかしい、とだけ敬二は言っていた。

腿にはガーゼを当て、繃帯でしっかりと巻いた。右手の甲の傷も、繃帯を巻いた。それ以外の治療の方法を、安彦も敬二も知らなかった。ジーンズは、敬二のものを一本借りた。シャツにセーターに革ジャンパー。二人とも同じ恰好だった。革ジャンパーだけは、脱いで後部座席に置いた。

「俺が運転してもいいぞ。オートマチックだから、大丈夫だ」

「その脚で、パニックブレーキが踏めるか、おまえ」

敬二は時々、放心したように見えた。それは数秒間で、しばらくすると暗い眼を足もとに落とした。運転させるのはちょっと気になったし、安彦が逃げるのに、敬二に運転させる筋合いでもなかった。

ひとりで、逃げればいいのだ。やったことの落とし前は、ひとりでつければいい。逃げられるところまで逃げよう、と安彦は決めていた。

「このアウディ」

「小森のさ」

安彦が言い続けるのを遮るように、敬二は言った。

「おまえを、小森の事務所から助け出した時、車に乗っただろう。あれがこれさ。おまえは手がおかしくなってのたうち回ってたから、気がつかなかっただろうけどよ。俺はあの時、逃げるために小森からキーをふんだくったんだ」

「ひと月以上前だぜ」

「車は、目立たねえとこに置いといた。行ってみたら、まだあったんだ。バッテリーもあがってなかった」

「小森の車か」

「おまえが乗ってきた車で逃げるより、ましだろうさ」

「だけどよ」

「この車でいい」

言って敬二は外に出、うずくまってまた吐いた。

「おまえに、付き合わせるわけにゃいかねえよ、敬二」

運転席に戻ってきた敬二は、額に汗を浮かべていた。

「俺も、逃げなきゃならねえんだよ」

敬二は、手の甲で額の汗を拭った。煙草をくわえる。ライターを使う手が、かすかにふるえていた。頭をヘッドレストに凭せかけて、煙草を吹き出す。

「様子がおかしいと思ってた。おまえ、もしかして」

「俺も、逃げなきゃならねえ」

「小森を？」

「おまえ、大人にゃなれないが、男ではいたかった、と言った。金玉をなくしたまま、逃げ出したくねえとな」

「言ったよ」

「俺は、金玉をなくしたまま、大人になろうとしてた。すべて忘れて、それが大人だと思いこもうとしてた。そんなのは、大人じゃねえや。金玉をなくして、大人になれるわけはねえよ」

「小森を、殺したんだな」

「ああ」

敬二が、また煙を吹き出した。それは、フロントグラスのあたりでひとかたまりになり、透明な光を束の間くもらせた。

「俺は、やらなきゃならなかった。自分の金玉を取り戻すために、やらなきゃならなかったんだ。おまえより、やらなきゃならねえ理由は大きかった」

デザートだ、と言って久野の部屋から出てきた小森。敬二の、長く尾を曳《ひ》く叫び声。忘れてしまえばよかったのだ。事故のようなものだ、と思えばよかった。

「俺は、やらなきゃならないと思ったよ。おまえが、金玉をなくしたまま逃げたくねえと言った時にな」

「しかし」

「まず、この車を、おまえが乗ってきた車と入れ替えた。それから、小森のマンションの近くまで行った。野郎は、車を見てびっくりしてやがったよ。そこを近づいて、股《また》ぐら蹴りあげて、トランクに放りこんだ。ものの数秒だ。誰にも見られちゃいねえ」

安彦は、思わず後ろに眼をやった。

「もう、この車に乗せちゃいねえさ。蹴っ飛ばして、糞《くそ》まみれにして捨ててやった」

言うことで、敬二は気分の悪さを押さえたようだった。煙だけを吐き続けている。

「俺は、泣いてる小森を、蹴って蹴って蹴りまくったよ。血を吐いても、小便を洩《も》らしても、糞を出してもやめなかった。切れてたんだ。殺すとさえ、考えてなかった。小森の躰を、この世から消してやりたかった」

「わかった」

「気がついたら、死んでた。多分、俺は長いこと屍《し》体《たい》を蹴りつけてたんだと思う」

「もういい」

「俺にゃ、理由があった。それだけ、おまえに言っておく」

「じゃ、二人で逃げるか」

「それしか、ねえだろう」

笑って煙を吐き、敬二は煙草を消した。

「俺は、二人も殺したのに、いまだにほんとのような気がしてねえんだ。まるで夢の中だって感じでな。怪我してなかったら、ほんとに夢だと思ったかもしれねえ」

「悪かったと思ってる」

「なにが?」

「俺が、久野なんかと付き合ったからさ。いつまでもいかさまにこだわる、ガキだったからだ。俺から、全部はじまったことだ」

「それを気にして、自分も人殺しになろうと思ったんじゃねえよな、敬二?」

「まさか」

「俺は俺なんだ。そんなことを気にしてるおまえとは、一緒に逃げたくねえ」

「一度は、言っときたかった」

「忘れたのか。二度目だ」

「とにかく、俺たちゃ、逃げなきゃならねえ。追ってくるのが誰だかわからねえけどな」

「逃げるさ。逃げられるだけ、逃げてやる」

敬二が、頷いた。

「どうも、俺たちゃ、いつまでもつるんでる縁みてえだな、安。おまえが大学に行った時、少しずつ遠くなるんだって、俺は思ってたよ。そういうもんだと、自分を納得させてた。遠くなる前に、もっと近くなった」

「車、出せよ、敬二」

「ああ。とにかく、どこまでも突っ走ろう。まず、早いとこ東京から出る」

「北だ。北へ行くぞ」

「演歌じゃねえかよ、まるで」

敬二が、車を出した。

しばらく走ると、パトカーが一台、赤色回転灯を回しながら追ってきた。

二人とも同時に息を呑《の》んだ。スピーカーが、なにか喚《わめ》いている。緊急車輛《しゃりょう》。一般車は左に寄るように。敬二は、左に車を寄せて、右をあけた。パトカーは、追い越して走り去った。

「交通規則を守りましょうね」

安彦が言うと、敬二が笑った。道路は、また普通の状態に戻っている。

「どうってことねえ、という気がしてきた」

「それでも、スピードは出すな、敬二」

「わかってる。だけど、どうってこたあねえ。俺は、ずっと気持が悪かった。小森の顔を思い出すと、吐きたくなった。もういい。いつまでゲロ吐いてたって、仕方ねえ。やったことは、やったことだ」

安彦は、煙草に火をつけた。

ラジオのスイッチを入れる。

道路情報が流れていたが、ニュースはなかった。このまま、どこまで走れるのか。ふと考えた。どこまで走ろうと、誰かが追ってくるのか。人を殺すというのは、そういうことなのか。

「なに、考えてる」

「博奕だよな、これ。敬二、おまえはどう読んでるんだ」

「一か八かってやつだ」

敬二が、笑い声をあげた。

道路情報は終り、音楽が流れはじめた。

第五章

1

歩く練習をした。

木刀を買ってきて、それを杖《つえ》代りにした。体重がかかった瞬間に、右脚全体に痛みが走る。杖をついていると、その瞬間をやり過ごせるのだ。じわりと体重をかけ、痛みが走る寸前で、体重は杖に移してしまう。

二日ばかりは、じわじわと出血が続いていたが、三日目ぐらいからはましになった。ガーゼを当てるのをやめ、代りによく消毒して幅広のテープを貼《は》った。それがよかったのかもしれない。開き加減になる傷口を、両側から押しつけるような力が加わるようにして、テーピングしたのだ。

手の甲の傷の方は、かさぶたのようになっていた。それを剝《は》がしたりしないように、繃帯《ほうたい》だけは巻いた。

「気にいらねえ街だ。まあ、どこへ行っても同じようなもんだろうが」

食料を買いこんできた敬二が、肩を竦《すく》めて言った。

ビジネスホテルという看板が出ているが、旅館とホテルを一緒にしたような感じだった。帳場に人がいることは少なく、それが気に入った。ツインの部屋もあった。小さな地方都市で、そんなおあつらえむきの宿が見つかるとは、考えていなかった。

食事はいらないと言ってある。それで、ホテルの人間と顔を合わせるのも、ほんのわずかで済んだ。掃除の時に来るだけなのだ。掃除と言っても、シーツを取り替えるだけで、枕カバーは使い捨ての紙だった。

「脚を治すことだよな、まず」

歩行の訓練は、部屋の中でやった。もう、杖を使えば、大した痛みに襲われずに十歩は歩けた。二十歩までいったら外に出よう、と安彦は思っていた。

考えるのは、それからでも遅くない。

「俺はとりあえず、この北の地域の地理を調べてみる。実際に走れば、なにか見えてくるはずさ。宿《ヤサ》は替えた方がいい。一ヵ所に、せいぜい三日だ」

久野ともうひとりの男の屍体《したい》は、出勤してきた女の子に発見されていた。惨殺、という新聞記事も出ていた。警察がどの線を追っているのかは、書かれていなかった。もうひとつ、誘拐《ゆうかい》されていた女が屍体で発見されたというニュースがあり、扱いはそれの五分の一だった。暴力傾向のある人間たちの、内輪揉《も》めという感じで受け取られたのだろう。

　安彦は、歩行訓練に熱中した。三日続けると、杖さえあればいくらでも歩けるようになった。杖なしだと、体重がかかった時、膝《ひざ》を折りたくなるような痛みが走る。

　今度は、その痛みに馴《な》れることだ、と安彦は思った。杖なしで、呻《うめ》きながら歩いた。歩けないことはなかった。

「この先は、津軽平野だな。広いところへ行くなら、北海道に渡るしかねえ」

「どうしたいんだ？」

「まだ、このあたりにいた方がいいような気がする。北海道に行きゃ、もうその先はねえんだから」

「じゃ、このあたりで宿を替えようか」

「待てよ。このホテルみたいに条件がいいところは、もうねえよ。旅館ばっかりだ」

「三日たったら動いた方がいいと言ったの、おまえだぜ」

「話し合って決めてえ」

「北海道がいくら広くても、追いつめられたって感じにはなりそうだな」

「まだ、誰も追ってきてねえってのにな」

「あと、二、三日か」

「三日分、前払いしておこう。それでいいな、安」

「ああ」

実際のところ、安彦は歩けるようになるのを、なにより優先したかった。あと三日あれば、かなりいいような気がする。

外へ出た。

十分歩き、しばらく休んでまた十分歩く。午前中は、それをくり返した。体重がかかった時の痛みはひどく、額に冷や汗が滲《にじ》み出すほどだった。それに耐えていると、痛みは鈍いものに変わっていくような気がした。

敬二は寝ていて、起き出してくるのは昼食の時だった。ここ二日は、そういう状態だ。顔を洗った敬二と、昼食のため街の食堂に行った。そこへ行くのは杖を使ったので、痛みはほとんどなかった。敬二が立ち止まって安彦を待つ、ということもない。

小さな街だった。食堂の数もあまりない。港には、古びた漁船が並んでいるだけだ。ホテルからその漁港まで、一キロぐらいのものだった。午後からは、そこを二往復した。痛みというより、痺《しび》れたような感覚が右脚にあり、時々立ち止まって休まなければならなかったが、耐えられないことはなかった。

左脚が、ひどく疲れたという感じは残った。それを、部屋で丹念に揉《も》みほぐした。

「リハビリってやつだな」

外から戻ってきた敬二が、床に腰を降ろして安彦の脚を揉みはじめる。呻きたくなるほどだが、効くという感じはあった。左脚を揉むと、右脚に移った。腿《もも》は避け、膝から下だけ揉みほぐしていく。脚全体が、熱を持ったように熱くなった。だるいような感じもある。ベッドに寝そべって、安彦はしばらく動けなかった。

「無理すんなよ、安。追われている気配はねえんだからよ」

しばらく街に泊まっていても、懐具合に影響もなかった。脚が自由になれば、動くこともできる。掌《てのひら》の皮も、まだ厚いままだ。

「弘前《ひろさき》まで行ってみる。明日は青森だ。一応、様子は見ておいた方がいいからな」

「俺も行くよ」

「休んでろって。夕めしは、冷蔵庫のものとパンで済ましちまってくれ。暗くなって、車が目立たないようになったら、出かける」

大きな街も調べておいて、追ってくる気配を感じたら、そこに逃げこんだ方がいい、というのが敬二の意見だった。そういう場所を探すには歩き回らなければならず、杖をついたり、脚を引き摺《ず》ったりしている安彦は、目立ち過ぎるというのだ。

安彦も、頷《うなず》かないわけにはいかなかった。

敬二が出かけている間、安彦は部屋の床で、腹筋と腕立て伏せをくり返した。全身に汗をかくほど、何十回となく続けた。それから裸になり、濡《ぬ》れたタオルで全身を丁寧に拭《ぬぐ》った。

まばらな髭《ひげ》も、簡易カミソリできれいに剃《そ》った。みすぼらしい恰好《かっこう》も顔も、していたくない。それは大事なことで、気持の問題に関《かかわ》ってくるのだ。

冷蔵庫の缶詰を二つ開けた。パンと牛乳で、それを食った。缶の底に余った汁は、パンにしみこませて食った。うまい、と思った。うまいと思っている自分が、不思議な気がした。生きているとは、こういうことなのか。腹が減っていれば、人を殺しても食い物をうまいと感じてしまうのか。

傷の手当をしようと考えたのは、腹が満ちてからだ。テーピングはそのままにして、繃帯だけをしっかり巻き直した。傷口をテーピングしたら、一週間はそのままにしておいた方がいい。安彦が中学生のころ、下の兄貴が交通事故に遭った。額を四センチほど切ったが、病院では消毒したあとテーピングし、一週間そのままにしていたのだ。

手の甲の傷は、消毒液をしみこませたガーゼを当て、繃帯を巻いた。傷口に開いているところはなく、はずしたガーゼに血もついていなかった。

人を殺した。ベッドに寝そべり、天井を見ながら安彦は考えた。夢の中で起きたことのようだが、現実なのだ。現実だということを、まず頭の中でしっかり納得することだった。

それから、人殺しをしたあと逃げているのだ、と自分に言い聞かせた。

逃げる、と決めた。決めた以上は、途中でやめたくはなかった。逃げられるだけ逃げる。逃げることに、すべての力を注ぎこむ。いまは、それが生きているということだ。

眼を閉じた。そうすると、いろいろなものが思い浮かんでくる。由美子の顔、大学の校舎、キャンパスの情景、雀荘《ジャンそう》での会話、親父の背中。

すべて、捨てた。なにもかも、捨てた。捨てることが生きることだったから、そうした。後悔はなかった。後悔することに、意味もなかった。どこまで逃げられるか。どこまで生きられるかということと同じだ。

いつの間にか、眠っていた。

敬二が戻ってきたのは、深夜だった。

けものが一頭、部屋に入ってきた。そういう気がした。一緒に走るけもの。走れば、いつでもそいつがそばにいる。素晴らしいことではないか、と安彦は思った。

敬二は、革ジャンパーを脱いだだけで、ベッドに倒れこんだようだった。

翌朝眼醒《めざ》めると、安彦はベッドを降りてストレッチをした。腿に痛みが走る。一日のはじめだけだ、という感じはあった。動かしている間に消えていく痛み、と思えたのだ。

歯を磨き、顔を洗った。髪も、ちょっと湿らせて撫《な》でつけた。鏡の中の安彦は、しゃんとしていた。生気に満ちている、というほどではないにしても、惨めでもなく、薄汚くもなかった。

敬二は、苦しげな表情で眠っていた。なにか文句でもあるように口をとがらせ、眉《まゆ》の根を寄せている。寝息は早く、それも苦しそうに感じさせるのだ。

あまり音をたてないようにして、安彦は外へ出た。

晴れた日だった。港まで歩くと、コンクリートに腰を降ろして、しばらくじっとしていた。港の漁船は、漁に出ているのか少なくなっている。海鳥が、二十羽ほど集まって、港の真ん中に浮いていた。

煙草《たばこ》を、一本喫《す》った。

なにかに驚いたのか、海鳥が一斉に舞いあがり、沖の方へ飛び去っていった。

2

宿《ヤサ》を替えよう、と戻ってきた敬二がいきなり言った。

十一時を回ったところだった。いつもは一時、二時に戻ってきて、安彦は寝てしまっているのだが、その時は百円でかかるテレビでニュースを見ようとしているところだった。

結局、ビジネスホテルと称するこの宿には、八日間いたことになる。

まとめなければならない荷物が、あるわけではなかった。六日を過ぎた時から、宿賃は前日に払うという恰好にしていたので、精算する必要もない。

買い溜《た》めていた食料をバッグに押しこむと、もうなにもなかった。

「どこへ行く？」

「五所川原《ごしよがわら》だな。ここより、いくらか大きな街さ」

車は、もう街を抜けようとしていた。八日も同じ場所に留《とどま》っている不安感が、かなり強くなりはじめている時だった。それに、大井の埠《ふ》頭《とう》の近くの海に、腐乱屍体が浮いていたというニュースを、きのうやっていたのだ。

毎夜、大きな街に出かけて行っていた敬二は、なにか別の情報も摑《つか》んだのかもしれない。宿替《ヤサが》えだと言った時も緊張していたし、運転しているいまも、前方とインサイドミラーを交互に見ている。

「なにがあった？」

「わからねえが、いやな気分だ」

「俺の脚のことは、もう心配するなよ」

リハビリは成功したのだろう。杖なしでもかなり速く歩けるようになっていたし、痛みを忘れている時間も多かった。手の甲の傷の方は、もうかさぶたが剝がれ、ピンク色の傷跡だけになっている。腿の傷のテーピングも、取ろうかと思っていたところだった。

街をはずれると、対向車はほとんどいなくなった。

安彦はラジオのスイッチを入れ、電波を探った。ローカル局の電波が入った。ニュースが流れるまで、ボリュームを絞った。

「八日も、同じ場所ってのは、やっぱり無謀だったかもしれねえな」

「警察の動きでも、摑んだのか?」

「いや。だけど目立ち過ぎる。そろそろ危《やば》いって気がした」

「そういう気がする理由ってのは、あるんだろう、敬二?」

「きのうの夕方のニュースだな、やっぱり」

どこに危険を感じるかは、敬二と自分が違って当たり前だ、と安彦は思っていた。どちらかが危険だと感じたら、動けばいいのだ。

ヘッドライトに、葉を落とした木の姿が浮かびあがる。木は時々現われるだけで、畠《はたけ》の中の道だった。

「俺たち、どこへ行き着けばいいのかな?」

敬二が、前を見たまま言った。安彦は、計器盤のパネルの照明に眼をやっていた。考えられることは、いくらでもあった。北海道に逃げることもできるし、沖縄に逃げることもできる。源さんのような働き方をしていたら、警察も容易に足取りを追えはしないだろう。

死ぬのも自由という覚悟があれば、自由に生きられると源さんは言っていた。

「くたばる場所。それが行き着くとこさ」

「おい、そんなこと考えてんのか、安?」

「人間は、みんなくたばるんだぜ。明日かもしれないし、一年後かもしれない。五十年後、六十年後かもしれない。百年後ってことは、俺たちにはねえだろう」

「そうだな」

「いずれ、そこへ行き着くんだ」

「考えるなってことか」

「行き着くところは、ひとつさ」

「いいよな、そんなふうに思えたら」

アウディは、快調に走っていた。この車が小森のものだったということも、ほとんど思い出さなくなっていた。

「いろいろ考えるよ、俺は」

「実をいうと、俺もそうさ。それから、行き着くところはひとつ、と自分に言い聞かせる」

「おふくろの話、したよな」

親父が外で作った子供。自分がそうだと、敬二は言った。

「俺がこんなふうになったの、自分のせいだとあの人は思うかもしれない」

「よせよ」

「喋《しゃべ》らせろよ。ＤＪのお喋りよりはましだぜ」

「じゃ、言え」

「そう開き直られてもな。おまえ、家族のことは思い出さねえのか？」

「よせよ」

「なんで？」

「こんな時の話題じゃねえや」

「そうだな」

「DJのお喋りの方が、まだましだ」

「彼女には、さよなら言ったか？」

「おまえは、どうしてそう後ろばっかり見るんだよ。もうちょっと、違う考え方はできねえのか」

「気が弱くなってんだよ」

安彦には、怪我を治すという目的があった。それだけで、八日間を耐えていられた。敬二には、逃げているという思い以外に、なにもなかったのかもしれない。

「俺は、三十ぐらいで結婚すると思ってた。女房がいて、ガキがいて、日曜にゃ動物園なんか行って」

「それで？」

「最後は、やっぱり行き着くところへ行く」

安彦は煙草に火をつけた。

小さな街を通り過ぎた。家の灯。ひどく暖かいものに思えた。縁はない。なくなった。自分にそう言い聞かせた。

DJが、ゲストとなにか喋っている。ちゃんとしたことを喋るより、笑っている時間の方が多い男だ。ゲストもよく笑う女で、男女の笑い声がしばらく続くこともあった。

「アフリカ」

ふっと、口を衝《つ》いて出てきた。

「なに？」

「アフリカへ、行ってみねえか、敬二？」

「そんなこと言ったたって、おまえ」

「日本人なんか、ひとりもいないところもあるらしい。日本にいたって、行きどまりだ。行きどまりへ、行き着きたかねえや。追われてるかぎり、そうなっちまう」

「アフリカと言われてもなあ」

「北海道へ行く。それより、時間がかかるってだけのことだ。遠いか近いかだけで、どこかに行くことにゃ変わりねえぞ」

「そりゃ、俺はパスポートも持ってきたし。だけど、飛行機代だってかかる。第一、飛行機に乗る前に逮捕《パク》られちまうよ」

「空を飛んでいくこたあねえさ、船で行けばいい。半年かかろうと、一年かかろうといいんだ。アフリカまでなら、誰も追いかけてもこない」

「本気かよ、安」

「日本にだって、外国人はいっぱい来てる。日本人が外国に流れたって、不思議はねえだろう」

「アフリカ行きの船、そんなに簡単に見つかるかよ」

「捜すさ」

「どうやって？」

「とりあえず、日本を出る。ロシアだっていいし、フィリピンやインドネシアだっていい。そこからまた、別の船を捜して、少しずつでもいいから、アフリカに近づくんだ」

「マグロ船で、アフリカの方へ行くのがあるって話、聞いたことがあるな」

「日本の船じゃなくてもいい。いや、日本船じゃない方がいいかもな」

「おまえは、英語が喋れるからいいけどよ」

「アフリカじゃ、英語なんか通じねえ。フランス語だとさ」

「それじゃ、どうやって生活する？」

「なんとかなる。日本に働きに来てる外国人をみりゃ、それがわかる。やつらがどうやって来たか、俺はよく訊《き》いたよ」

「どうやって来たんだ？」

「半数は飛行機。半数は船。船できたやつの中にゃ、密航したのもいるだろう」

「わかったよ」

「行くか？」

「勝手に、夢見てろよ」

「ただの夢だと思ったら、俺たちにゃ行きどまりしかねえぞ」

「わかるよ。わかるけどよ」

　敬二の声が、いくらか大きくなった。

「わかるだけじゃ駄目なんだ」

「それもわかる。少しぐらいは、考える時間を寄越せって言ってんだ」

　安彦は、口を閉じた。その通りだった。安彦も、ついさっき思いついたことなのだ。

「もうすぐ、五所川原だ」

　敬二が言った。家並が多くなりはじめていた。

　街はずれの脇道に入り、車を駐《と》めた。こんな時間に、旅館が入れてくれるとも思えない。朝まで、仮眠をとることにした。

　敬二は、シートを倒して、すぐに眠りはじめた。静かだった。エンジンを切ると、ほとんどもの音も聞えない。遠くに見える家の灯に、安彦は眼をやっていた。眠れそうもない。アフリカのことを、ぼんやりと考えた。

　秋も、もう終る。外に出て、安彦はそう感じた。吐く息が白い。寒くて、全身がふるえる。

「どこへ行ってた?」

車に戻ると、敬二が眼醒めていて言った。

「小便」

「誰もいねえじゃねえか。遠くまで行って、やることねえだろう」

「ちょっと歩きたかった。我慢して朝歩いておくと、あとが楽なんだ。もっとも、ベッドに寝たわけじゃないから、大して変わりはしねえと思う」

「杖、使わなくても、歩けるじゃねえか」

照れたように、敬二が言った。ひとりにされたのを怕《こわ》がったのかもしれない、と安彦は思った。もう、外は明るくなっている。やはりいい天気だった。

缶詰を出して食った。牛の大和煮や鯖《さば》の味噌《みそ》煮、それに焼鳥の缶詰だった。パンも少し残っていて、安彦は缶に残った汁をしみこませて食ったが、敬二は食わなかった。

煙草を喫った。敬二が苛立《いらだ》っている。なぜそうなのか、よくわからなかった。

「落ち着けよ」

「そうじゃねえ」

「なにを言ってる。苛々するな、と言ってんだよ」

「だから違うんだ。いや、苛々してんのかもしれねえ。我慢できなくなってきた」

「俺の顔《つら》を見ているのがか？」

「馬鹿なこと、言うんじゃねえよ。のどが渇いてるんだ。ホテルへ戻った時から、ひどくのどが渇いてた。五所川原でなにか飲めばいいと思ってた。ところが、さっき缶詰食ったろう。それで、我慢ができなくなってきたんだ。なんか飲みてえよ」

「そんなことた。街の中に行けば、自動販売機ぐらいあるぜ。変なやつだな、まったく」

「我慢する」

「それこそ、馬鹿げてら。俺が運転してやる。しばらく酒をやめてたんで、俺はビールを解禁にしたい」

「我慢したいんだ」

敬二が、シートを倒して言った。

「我慢させてくれよ。我慢できるかどうかで、いい方へ転がるかどうかが、決まるような気がする」

「なんだ、担いでるのか」

「笑いたきゃ、笑えよ」

「何時まで、我慢する？」

「九時。そのころにゃ、街の店だって開いてる。ひでえぞ、このあたりの店は。夕方七時にゃ、もう閉まってるんだ」

あと二時間以上あった。

安彦もシートを倒し、眼を閉じた。今度は、眠れそうだった。シートがもう少し倒れれば、と考えながら眠りに落ちていた。

ドアを開ける気配で、眼が醒めた。

敬二が、外を歩き回っている。八時四十分を回ったところだった。シートを起こし、安彦は煙草をくわえた。一本喫い終えても、八時四十五分にはなっていなかった。

安彦は、車の中でじっと待った。

時計を見、運転席に安彦は座った。

「敬二」

呼ぶと、敬二はふり返ってポケットから手を出した。時計を見ている。安彦はエンジンをかけた。敬二が、黙って助手席に乗りこんでくる。

「俺は、道をよく知らねえぞ」

「真直ぐ行って、どこかで右に曲がれば、街の中心だ」

そこまで行く前に、人家の軒下にある自動販売機が見つかった。敬二は、スポーツドリンクを三本買ってきた。一本は差し出してくる。安彦が一本飲み干す間に、敬二は二本とも飲んでしまっていた。

「気が済んだか？」

「ああ。行ってくれ」

安彦は、車を出した。

街の中を走り回ったが、なかなか思うような旅館が見つからなかった。

「停めてくれ、安」

「なんだ、腹減ったのかよ」

車から降りた敬二が、コンビニに飛びこんでいく。しばらくして、重そうに段ボール箱を抱えてきた。二つあるらしい。車の脇に置くと、すぐ引返していった。

「水じゃねえかよ」

「これから、車の中でめし食ったりしなきゃならねえことが多くなる。そのたびに、今朝みたいに、のどを渇かしていたくねえんだ」

「だけど、おまえ」

二リットルのペットボトルが一ダース。それが二箱だ。四十八リットルはある勘定になる。敬二が買いこんだのは、水だけではなかった。やはり段ボールに入った缶詰を、重そうに抱えてきた。

「トランクが一杯だ。缶詰は後ろの座席に乗せるぞ」

やりたいように、やらせておくしかなかった。水や食料がないという状態を、敬二は想像したくないに違いない。

ようやく落ち着いた敬二を乗せ、街を走り回った。結局、駅前の食堂でカレーライスを食ったただけで、宿《ヤサ》にできそうな旅館は見つからなかった。まだ正午までに数十分はある。

「ここは駄目だ」

敬二が言う。安彦も、そう思った。もっとずっと大きな街か、それとも小さな村のようなところがいい。

「もっと、北へ行くぞ」

安彦は言った。

3

湖のそばだった。

集落の方ではなく、ちょっと離れたところに、一軒旅館があった。村の中の旅館より、そちらの方が安心できるという気がした。旅館の名前をボディに書いた軽自動車以外、駐車場に車がいないことも気に入った。

通された部屋は、湖に面していた。遠くに橋が見える。湖は、狭い水路で海と繋《つな》がっていて、そこに橋がかけられているようだった。

「東京から来られたんですか?」

案内した中年の女が、お茶を淹《い》れながら言った。

「二人で交代で運転」

「そうですか。釣りでしょう」

「それだけじゃないけど」

「途中に、紅葉がきれいなところが、沢山ありますものね」

女は、きれいな標準語を喋った。

「あたし、池袋にいたことがあるんですよ」

「いつごろ」

喋っているのは安彦だけで、敬二は黙って座っていた。

「もう、二十年以上も前になりますけど、この間行った時、超高層のビルが建っているんで、びっくりしました」

十三湖という湖で、昔は栄えたところなのだ、と女は指さした。

「なんとなく、よさそうな気がするがな」

女が出ていくと、安彦が言った。敬二は、黙って頷いた。

夕食までに、まだ時間がありそうだった。

安彦は、腿の傷を調べた。テーピングを剝がしてみる。傷はきれいに塞《ふさ》がり、化膿《かのう》もしていなかった。動かしてみても、傷口は開きそうもない。

「これで、風呂に入れる」

敬二が、傷口を覗《のぞ》きこんできた。

「刺したあと、そのまま抜いたんだな。長い傷だったら、やっぱり縫うしかなかったと思う」

「腹を刺されてたら、死んでたかな?」

「どうかな。内臓をやられてなきゃ、どうってことないと聞いたこともある」

「腹だったら、病院だったな」

「というより、殺されてたさ。たとえ内臓がやられてなくったって、腿みてえなわけにゃいかねえよ。精神的なショックってやつがある」

「運がよかった」

どんなふうに運がよかったのか、考えるとおかしくなってくる。

敬二と二人で窓際に並んで立ち、湖の方を眺めた。静かな広い湖だった。遠くまで旅をしてきたのだろうか、と安彦は思った。終らない旅なら、それは旅と言ってもいいのか。

陽は西に傾きかけている。海に沈んでいくようだ。

「あんまり神経質になるなよ、敬二」

「大丈夫だ。済まねえ。きのうから、ちょっと苛々してる。ここへ来て、落ち着いた」

そう敬二は言ったが、ほんとうに落ち着いたようには見えなかった。

風呂に入った。小さな湯舟で、ようやく足をのばすことができるぐらいだ。それでも、安彦の部屋の風呂の数倍はある。

湯の中で、脚を揉んだ。肉の間にわだかまっていたものが、湯に溶け出してくるような気がした。

長く入りすぎていたのか、出る時に、一瞬視界が暗くなった。壁に手をついて耐えていると、視界は戻ってきた。

「久しぶりだ。風呂がこんなに気分がいいもんだとは、忘れちまってたような気がする。躰《からだ》を拭《ふ》くだけじゃ駄目なんだよな、やっぱり」

敬二は窓際に立っていて、安彦が声をかけてもふりむかなかった。冷蔵庫からビールを出して栓を抜き、コップに注いでひと息で飲み干した。

「うまいなあ」

安彦はうつむいた。生き返ったような気分だ、と言おうとして口を噤《つぐ》んだ。死んではいない。これからも、死なない。

ビール一本を、安彦はすぐに空けた。もう一本、栓を抜く。敬二には勧めなかった。飲みたければ、自分で飲むだろう。

すっかり陰気になってしまった敬二が、いくらか疎《うと》ましく感じられる。気にするな、と自分に言い聞かせた。これからずっと、陰気なままでいられるわけもない、と思った。

「アフリカと言ったよな」

「ああ」

外はもう、暗くなりはじめている。

「行けるかな、ほんとに」

「俺は考えねえな、そんなこと。まだ決めたわけじゃねえが、行くと決めたら、俺は行くよ。途中で失敗するなんてことは、考えない。そりゃ、運に助けられなきゃならねえ時もあるだろうさ。それぐらいきわどいことだってことは、わかってる。だけど、行くと思ってなけりゃ、運も来ないんだ」

「そうだよな、確かに」

「密出国させてくれる船を捜す。見つからなきゃ、泳いでだって行くさ」

敬二は、まだふりむかない。二本目のビールも、安彦はひとりで空けた。

「逮捕《パク》られたら、俺たち死刑か？」

「まさか。情状ってやつもある。四十のおっさんになったころは、出てくるだろうさ。ただ俺は、四十の前科持ちになったおまえなんかと、会いたいとは思わねえよ」

「俺もだ」

敬二がふりむいた。

「丸太につかまって、流されてたってやつを、俺は知ってるよ。ベトナムのどこかを出てすぐに、船が転覆したんだ。みんな死んだが、そいつは丸太にしがみついてたそうだ。二昼夜、そうやって流されてたって言うんだな。そして、貨物船に拾われた。陸の近くまで来た時、また海に飛び込んで、密入国に成功した。そんなやつも、実際にいるんだ」

「おまえのとこで、働いてたのか？」

「ビザどころか、パスポートもなしさ。いまも、日本のどこかにいると思う」

「運がいいな」

「助かりたい、という気持も強かった」

「まったくだ」

「俺は、助かりたいんだよ、安。おまえと一緒に、助かりたい」

「絶対に助かると、信じるんだよ。お互い、しょぼくれたおっさんで会いたくはねえんだったら」

「アフリカか」

「行ってみねえか、敬二。何年かかったっていい」

「ライオンがいるところか？」

「砂漠」

言って不意に、安彦は由美子の顔を思い浮かべた。遠い。自分に思いこませる。遠い。もう、縁もない。

由美子を思い出した自分に、安彦は腹を立てた。

「丸太につかまっても、逃げて生き延びたやつがいる」

呟《つぶや》くように、敬二が言った。

座布団を二つに折って枕にし、安彦は横たわった。敬二はなにか呟き続けている。

敬二も風呂に入り、夕めしになった。

敬二が、何度かなにか言いかけた。聞かず、安彦は横をむいた。夕めしは帳場の横の部屋で、自分たちの部屋に戻ると、もう蒲団《ふとん》が敷いてあった。

安彦は、百円玉を入れてテレビをつけ、蒲団に入った。横になると、テレビが見える。敬二には、背をむける恰好だった。

ニュースでは、九州の発砲事件をやっていた。安彦や敬二に関係ありそうなものは、やはりなかった。

警察が、動いていないはずはない。極秘に、捜査しているのか。それとも、次のニュースは犯人が逮捕された時、とテレビ局が考えているのか。

一時間で、テレビは自動的に消えた。

そのまま、安彦は眠った。

揺り起こされたのは、夜半だった。

「逃げるんだ。すぐに仕度してくれ」

「警察か？」

「いや、違う」

「じゃ、なんだ？」

「逃げた方がいいんだ。さっきバイクが一台来て、駐車場を覗いていった。車が、見つかっちまった」

誰に、と訊く前に、躰が動きはじめていた。とにかく、誰かが捜しに来ている。捜されていいことは、なにもなかった。

セーターの上に、革ジャンパーを着込んだ。

靴は、玄関の下駄箱の中にあった。エンジンをかけると、敬二はすぐに車を出した。橋の方にむかったが、手前のところで遮られた。車が一台横に停り、道を塞いでいるのだ。男が、四人いた。

「ちくしょう。ぶっ殺してやらあ」

敬二が叫び、飛び出していった。安彦も、木刀を持って出た。匕首《ドス》が、月の光を照り返して、白く輝いていた。ふたりの男と、敬二は団子になっていた。安彦は、匕首を握った男に、木刀を叩《たた》きつけた。なにかが砕けるような感触があった。

「きたねえぞ、てめえら」

ひとり、立っている男が叫ぶ。四人いてなにが汚いと言うのだ。思った。こちらは二人だ。その男に、打ちかかった。かわされる。敬二を押さえこもうとしている男の背中に、叩きつけた。叫び。敬二が、跳ね起きている。

もう一度、安彦は立っている男に木刀を打ちこんだ。男は退がらず、踏みこんできていた。下腹に、熱い感じがあった。離れ際に、安彦は木刀を横に振った。わずかだが、手応《てごた》えはあった。

「乗れ、安」

敬二が叫んでいる。安彦は助手席に飛び乗った。車は、バックしていた。橋からちょっと離れたところで、停り、急発進した。男たちの車が、こちらへむかってくるところだった。正面から、ぶつかっていった。安彦は眼を閉じた。寸前で、相手がかわし、路肩に突っこんだ。橋。渡った。この道は一本で、北へむかっているはずだ。

「なんなんだ、あいつら？」

「弘前のやくざだ」

「なぜ？」

「俺に、腹を立ててる」

「理由を言え、敬二」

「博奕《ばくち》だ」

海沿いの道だった。浜ではなく、岩場のようだ。かなりのスピードが出ている。

「俺は、勝った。大勝ちしたよ」

「いかさまでか？」

「まさか。ただ、勝ち逃げはした。いきなり姿をくらましたから、やつらは怒っただろう。そして、車を捜してた」

「それだけか？」

「百四十万、勝った。一度休憩することになった時、俺は逃げだしたんだ」

対向車はいなかった。いまのところ、追ってくる車もいない。毎日、敬二が深夜に部屋に戻ってきたのは、博奕をやっていたからだ、とはじめて気づいた。なんとか脚を治そうと考えていたので、ほかのことはどうでもいい、と思っていたところがあったかもしれない。博奕のことなど、想像もしていなかった。

小さな集落を、いくつか通り過ぎた。

分かれ道があった。左は行きどまりの標示が出ている。敬二は、そっちへ入った。

「おい」

「これでいい。右へ行ったら、ほんとの行きどまりだ。その手前で、やつらは潰《つぶ》す」

「消して、どうする気だ？」

「この先に、小泊《こどまり》って村がある。そこにゃ、船もある」

「船だと」

「アフリカに行こうぜ」

敬二がチラリと安彦に眼をくれた。

4

静かだった。

波が岩に打ちつける音。遠くなったり近くなったりする。待った。

「金は、あればあるほどいい。当たり前だが、特に俺たちはな。なにしろ、逃げなきゃならねえんだ」

「それはそうだが」

「儲《もう》けた金が百四十万。ほかに百十万、俺は持ってた。元手はそれさ。合わせて二百五十万ある。おまえも、四、五十万はあるだろう。合わせて三百万。それだけありゃ、どこかに潜伏だってできら」

敬二が、煙草に火をつけた。その瞬間だけ、敬二の顔がぼっと闇《やみ》に浮かびあがった。

「アフリカとなりゃ、もっと金がかかるかなあ。ひとり百五十万で、アフリカに逃げられるか？」

「いくらかかるか、わからねえよ。うまく船が見つけられりゃ、金はかからないかもしれねえ」

「とにかく、ないよりあった方がいい」

「アフリカへ行くと、おまえ決めたのか？」

「決めた。居場所はねえよ、この国にゃ。やつらと騒動起こしゃ、警察にわかる。逃げても逃げても、いつも誰か追いかけてくる。立っていても歩いていても、背中ばかり気にしてなくちゃなんねえっての、俺はいやだ」

　ここまで思いきるために、敬二は陰気に塞ぎこんでいたのだろうか。それとも、トラブルが起きるかもしれない、と思い続けていたからなのか。トラブルは、起きてしまえば、もう気にするものではなくなる。ただ闘えばいいのだ。

「さっき、船って言ってたな」

「雇われてくれる漁師なんて、いねえだろうな」

「船だって考えたのは、わかるが」

「かっぱらおう。船外機の付いたボートみてえなやつでいい」

「それで、アフリカか、おい」

「漁師のボートは、なかなか丈夫なもんだ。それに、船外機なら俺は扱える。ただし、手動の船外機でなけりゃ駄目だ」

「紐《ひも》を引いて、始動させるってやつか。あれなら、俺もできる」

「そんな船が見つかれば、かっぱらおう。あとは、漁師を威《おど》かして船を出させるかだ」

それしか、方法はないだろう。もっと大きな港なら、貨物船に潜りこむという手もあるのかもしれない。しかし、その方法は警察に近づくことにもなる。

「俺は、おまえがアフリカと言うまで、日本の中で逃げることだけを考えていたよ。どうやって、警察の眼をくらませ続けるか。それが勝負だと思ってた」

「金があれば、いくらかましになる、と思ったわけだな」

「ほんとを言うと、違う。金があれば、という気持もあったけどな」

煙草を、敬二は窓の外に捨てた。

「博奕をやる。それで勝つか負けるか。すべてがいい方に転ぶか、悪い方に転ぶか、占っちまうんだ。そんなもので、と思うかもしれねえ。だけど、俺にとっちゃ、いろいろ考えるのも、博奕の勝ち負けで占っちまうのも、同じようなもんだ」

「わかるよ、なんとなく」

「性格に、弱いとこがあるんだと思う。逃げてきてるってのに、俺はいつの間にか賭場《とば》を捜したりしてる。そういう自分に気づいて、びっくりもしてる。だけど、やめはしねえんだ。賭場が見つかりゃ、いくらかはうまく転がる。そんなとこから、はじめちまう」

「百四十万の儲けで、よく逃げられたよ、おまえ。百万になったら、二百万と思い、二百万になったら三百万と思っちまう。そうなりかねねえ感じだ」

「いくらか、利口になった。百四十万で、山のてっぺんだろう、と思った。雰囲気見てて、なんとなくわかったさ。罠《わな》の口がそろそろ開きかけてるってな」

「それからずっと、苛々してたわけだ。やつらが追ってくるだろうと思って」

「まあな。車は、見られてた。これは仕方ねえんだが」

安彦は、怪我を治そうと必死だった。敬二は、待つしかなかったのだ。耐えられなくなり、運をなにかに託してみたくなる。理解はできた。相手が見えていれば強いが、見えないプレッシャーには弱い男なのだ。

「追ってくると思う。とにかく、やつらをなんとかしよう。なんとかしちまえば、多分、警《サ》察《ツ》は知る。だから、なんとかしたら、すぐに逃《ふ》げるんだよ」

「いいよ。とにかくやつらをぶっ叩く。そして逃げる。はっきりしてる」

安彦が言うと、敬二が低い声で笑った。

さらに、十分ほど待った。

遠くから、エンジン音が聞えてきた。

「シートベルト、してるよな」

敬二。安彦は木刀を握り直した。

無灯火のまま、国道にちょっと近づいた。ヘッドライト。近づいてくる。敬二がなにをやるか、見当はついた。単純だが、効果的なやり方だった。国道のセンターラインが白い光を放った時、車は急発進していた。

衝撃があり、車が横をむいた。

路肩まで吹っ飛ばされて横になった連中の車は、ラジエーターから蒸気をあげているようだった。闇の中で、それは、雲のようにも霧のようにも見えた。

二人、這《は》い出してきた。三人目は、日本刀を持っていた。

安彦と敬二は、同時に車を降りた。ひとりの肩に、木刀を叩きつける。日本刀。いきなり斬りつけてきた。頬のあたりが痺《しび》れ、しばらくして熱くなった。

横に薙《な》いだ木刀を、頭上で構えた。日本刀の切っ先は、こちらをむいている。斬られる。人形のように突っ立っていたら、人形のように斬られるだけだ。踏み出した。木刀の先が、日本刀に触れた。さらに踏み出した。日本刀の先端が下腹に吸い込まれてくるのと、木刀が男の頭を横薙ぎに打ったのが、ほとんど同時だった。倒れた男が、立ちあがろうとする。頭に、木刀を打ちつけた。三度打ちつけた時、男の躰がまったく動いていないことに気づいた。

最初に打ち倒した男は、肩を押さえて闇の中に駈《か》け去っていった。敬二が首を絞めている男も、もう動かなくなっている。

「行くぞ」

安彦が声をかけると、敬二は車にむかって走った。

「応援を呼んでるぞ、やつら。とにかく、小泊まで突っ走る。早く乗れ、安」

下腹を、刺されていた。深くは入っていない。そう自分に言い聞かせた。腿の時と同じだ。

車が出た。安彦は、下腹にそっと手をのばした。生温かい。しかし、ひどい血ではないと思った。深く入ってくる前に、相手のこめかみのあたりを打ったのだ。

小泊まで、ひとっ走りだった。

「やられたのか？」

車を停め、ドアを開けた時、敬二が言った。ルームランプが、下腹の血を照らし出している。血は、やはりそれほどひどくなかった。

「二センチぐらいだ。そんなもんさ。腹筋がやられただけだ。それよりおまえ、早く船を捜せ」

敬二が覗きこんできたので、安彦は下腹を突き出して見せてやった。

飛び出していった敬二が、しばらくして駈け戻ってきた。

「おまえを、まず船に運ぶ」

「大丈夫だ、ひとりで。木刀を杖にして、できるだけ力をかけないようにして歩く」

腿も大丈夫だった。それだけを考えた。刺されたと思うと、それだけで気分が萎《な》えそうな気がする。

埠頭《ふとう》を歩いている安彦を、水の箱を抱えた敬二が追い抜いていく。

六、七メートルの船だった。船室などは、無論ない。中央に、風防と座席があるだけだ。安彦は、そこに跳び降りた。大きく、船が揺れた。

船外機は、かなり大きい。八十と書かれているから、八十馬力なのか。前部の方には網やシートが積んであり、後部の甲板が少しあいている。敬二が、車にあったものを運びこんでいる間に、安彦はエンジンや赤いポリタンクを見た。ポリタンクには燃料が、たっぷり入っている。

四往復して、車の中のものをすべて運びこんだようだ。

敬二が、エンジンのそばにしゃがみこむ。一度紐を引いたが、かからなかった。安彦は舳先《さき》に行き、舫《もや》いを解いた。

二度、三度と、敬二が紐を引いている。

「バイクの、キックの要領と同じだ、敬二」

安彦が言った。

立ち上がって、敬二は紐を引いた。二度目で、低い音が連続し、やがてエンジン音になった。一度ふかす。ゆっくり動きはじめた船が、舳先を岸壁にぶっつけた。大した衝撃ではない。安彦は舳先にいて、岸壁の端を手で押した。少しずつ方向が変わった。

前にむかって走る。それはコントロールができるようだ。入口の灯台に舳先はしっかりとむいていた。

防波堤の外にでると、船はいきなり上下に揺れはじめた。安彦は、舳先から、中央の座席のところへ、這うようにして移動した。

回転があがった。

「西にむかえ、敬二。どこまでも、西だ」

座席のところに、磁石がついている。船は北西にむかっていた。

「もうちょっと左」

舵輪《だりん》などはなく、船外機についている棒を動かして、舵《かじ》はとる。

「いいぞ、その調子だ」

「スピードは？」

「わからねえ」

「もうちょっと、あげる」

陸の灯は、もう遠くなりはじめていた。ほんとうに遠ざかったのかどうか。

どこへ行こうとしているのだ、と安彦はふと思った。船底が海面を打ち、そのたびに躰が浮いた。考えも、そこで途切れてしまう。

暗い。海ではない別のところを、走っているような気分になる。敬二は、スピードをあげたり落としたりしていた。操作に馴れようとしているようだ。

やがて、一定のスピードで走りはじめた。船は、持ちあげられては、落ちていく。しかしこのスピードでは、船底が海面を打ったりはしないようだ。

安彦は座席の前に取りつけられた磁石の、蛍光塗料の光だけを見ていた。

5

少しずつ明るくなってきた。

安彦は、傷口に消毒液をふりかけ、ガーゼを当ててテープで固定した。傷は二つあった。ひとつは、ほんの小さな傷だが、そちらの方が出血が多いようだった。

繃帯もガーゼも、まだかなりある。化膿止めと鎮痛剤もあるが、化膿止めだけを呑みこんだ。

「ひでえか？」

「大丈夫みたいだ。傷は二つあって、内臓どころか、腹膜にも届いていないと思う」

「苦しくはねえか？」

「酔ってる。そんな気はする」

「俺もだ。ひでえ気分だよ」

斜め前方から来る波は、小山のようだった。見あげるほどの波だ。しかし、その斜面はなだらかだった。うねりというのかもしれない。

「陸が、もう見えねえよ。明るくなった時、なんにも見えなくなってた」

「西にむかったんだ。ウラジオストックに行く」

「ロシアか」

「何日かかるか、わからねえ」

かなり大声で喋らなければ声が届かないので、安彦は敬二のそばまで言った。

「寒いな、敬二」

「ああ、どうってことねえと思ったが、船の上ってのは、じっとしてて風に吹かれてる。時々は飛沫《しぶき》も降ってきやがる。思ったより、ずっと寒いみてえだ」

船はゆっくりとうねりにむかって切りあがり、坂を滑り降りていく。うねりとうねりの間隔は、五十メートルというところなのか。うねりの一番低いところでは、前後が海水の山になったというように見える。近づいてくる山は、やがて壁になる。

「騒動は、もう人に知られてるだろうな。警察《サツ》も乗り出してくる。追われてるぞ」

「海上保安庁が追ってくるんだろうな。だけど、難しいところはある。いくら巡視艇がレーダーを回したところで、この船は多分映らねえと思う。波と波の間に入っちまってることが多いからな」

「レーダーじゃ、確かにそうだろうさ。だけど、飛行機とかヘリコプターで位置を摑まれて、巡視艇が追ってくるってことになったら、もうどうにもならねえぞ」

「まあ、それから先は運だな」

安彦が言うと、敬二は肩を竦《すく》めた。

見つからないで行けるというのも運なら、この船で領海の外に出られるかどうかというのも運だった。運まかせという要素は、もともとあった。

漁船とも言えないような、船外機だけの小さな船だ。多分、海沿いの刺網《さしあみ》の漁などに使っているのだろう。海が荒れてくれば、素速く港に帰る。そのために、やや強力な船外機を積んでいるに違いなかった。

二人とも、飛沫で濡れていた。大きなうねりとは別に、小さな波はたえず船体を揺らし、容赦なく飛沫を降らせてくるのだ。海水が塊になって、船の中に打ちこんでくることもある。足もとには、水が溜りはじめていた。それは、うねりの山に船が切りあがる時、後部の穴から排出されていく。全部排出する前に、うねりの頂上に達して、船首が下がってしまう。そのくり返しだった。

エンジンの出力をもっとあげて走れば船首があがったままになり、足もとに溜っている水もほとんど排出できてしまうのだろう、と安彦は思った。いまの海の状態では、とても無理だ。

「俺が、舵を代わろう。それなら、動かなくても済む」

船外機に付いている棒を右に押せば、船外機は左をむき、つまり左に舵を切ったことになるのだ。出力は、グリップを回せば上がったり下がったりする。

それだけのことだから、敬二にも安彦にも動かせるのだった。後進すら、どうやればいいかわからない。

安彦は舵棒を握った。うねりに対して横にならないように、針路が二百七十度より小さな数字を指さないように。やることはそれだけだった。

敬二が荷物を整理し、朝めしを作った。

缶詰ひとつと、クラッカーと水。食料も水も、いまのところ充分だった。腹に食い物を入れると、寒さはいくらかましになった。それでも、足の指さきなどは痺れたような感じだ。

敬二は、這いつくばって、前部の網やシートを点検している。ゴム製の、繋ぎのようなものを、三着見つけたようだ。それを持って、後部へ来た。舵を代わり、安彦はズボンの上からそれを着た。暖かいのかどうかは別として、上から革ジャンパーを着てチャックを首まであげると、服が濡れるのだけは防げる。

傷口からは、まだ出血していた。ひどい出血というほどではない、と安彦は自分に言い聞かせた。止血剤のようなものはなく、ガーゼを当てているしか手がなかった。

水も飲めたし、缶詰も食えた。それでも、気分が悪くなったりはしなかった。内臓は、多分大丈夫だろう。もっとも、腹に入れたのはわずかな量だ。

うねりのかたちが、すこしずつ変わってきた。船体が持ちあげられては滑り落ちるという感じがなくなり、細かく揺れるようになった。スピードをあげると、船底が海面を打ち、ひどいショックがくる。

「進んでるか進んでねえか、見てるだけじゃわかんねえな。蟻《あり》が這ってるみてえなもんだ。俺は何度か船釣りに行ったことがあるが、この倍の長さはある船だった。それでも、時化《しけ》たら、すぐに引返しちまったよ。こんなに揉みくちゃにされることは、なかった。かなり海は荒れてるぜ、こりゃ」

晴れていたが、風が強かった。襲ってくる波の、一番上のところが風に吹き飛ばされて、白く煙ったような感じになっている。

手の先と足の先が冷たかった。船に打ちこんでくる海水は、もう気にならない。いずれ、後部の穴から排出されていくのだ。問題は、その水がたえず足を濡らしているということだった。

真西から、北西。船がそちらにむいていることだけは、間違いない。

「ウラジオストックって言ってたな、安？」

「ああ。あと、ナホトカってのが近くだと思う。あとはわからねえよ」

「行き着けたら、なんて言うんだよ。相手はロシア人だろう？」

「漂流したって言うしかねえさ。ロシアにまで、警察の手が回ってるはずはねえだろう」

「おまえ、英語が喋れるからいい。俺はな、なに訊かれたってわかりゃしねえぞ」

「金がある。三万ドルだぞ。三百万円なら、三万ドル。二百ドルありゃ、一月は暮せるって、新聞で読んだことがある。だから、大金持ちさ、俺たち」

「むこうの沿岸警備艇なんかに捕まったら、全部取りあげられそうな気がするな。うまい具合に、どこかの岸に上陸しちまった方がいいような気がする。つまりさ、役所とか、そんなもんがないところだ。漁師相手だと、金も効果があると思うがな」

「金は、大抵の人間に効果があると思う」

いつの間にか、揺れには躰が馴れていた。振動も、その瞬間に受け流している。

敬二は、安彦の傷のことには触れなかった。触れないだけ、気にしているのだということもわかる。安彦自身にも、どれぐらいの傷なのか見当はつかなかった。出血さえ止まればいくらか安心できるが、ガーゼは相変わらず赤く濡れていた。

いつの間にか、太陽は頭上から、少し前方に傾きはじめた。つまり、西に傾いているということだ。

かなりの時間、走り続けていた。ただ、スピードは出せない。陸岸から、どれほど離れたのかも、見当がつかなかった。

「暗くなる前に、食料とか水をきちんとしておく」

きちんとするというのは、海に落ちないように座席のところの物入れに収《しま》ってしまうということだった。船が揺れるたびに、段ボールは前後左右に動き、そのうち水に落ちてしまうかもしれないと思えたのだ。それに、段ボールは濡れて、すっかり軟らかくなってしまっていた。

安彦は、舵棒を握り続けていた。

それが、一番楽な姿勢なのだ。自分で操縦していると、船がどう揺れるかも見当がついて、いきなりショックを受けなくても済む。

夕方になると、海はいっそう荒れはじめた。舳先が波に叩きつけられる。そのたびに、塊になった海水が船に打ちこんでくる。顔に当たると、パンチでも食らったような衝撃があった。

ひどい揉まれ方だった。髪からは、雫《しずく》が滴《したた》り続けている。下着も、じわりと濡れてきた。寒い。歯の根が合わなくなった。そんなことより、暗くなるのが怕《こわ》かった。

「食っておこう」

敬二が言い、クラッカーを二枚差し出してきたが、食欲はなかった。それでも、なんとか水で流しこんだ。

闇が、のしかかってきた。

海面がどこなのか、まったくわからなくなる。右、左、と座席にしがみついてコンパスを覗きこんでいる敬二が言う。そのたびに、安彦は舵棒を動かす。横波も食らっているようだ。しっかり摑まっていないと放り出されそうなほど、船体が傾く。波が打ちこんできて、くるぶしまで水に浸った。それでも、船は沈んでいなかった。運はある、と安彦は自分に言い聞かせ続けた。

闇が怒ったように、時々突風が吹く。揉まれている間に、船が反対の方向をむいていたりする。必死だった。波ではなく、闇そのものと闘っているような気分だ。敬二がなにか叫んでいたが、風が声を吹き飛ばしていた。

「いるのかっ？」

しばらくして、聞き取れた。

「いる」

叫んだが、聞えたのかどうかはわからない。また波が打ちこんできて、膝のあたりが激しく洗われた。沈んではいない。くるぶしを浸しきった水も、しばらくすると排出されていくようだ。躰が、宙に浮いた。それから、座席に叩きつけられる。

雨が降っているのに気づいたのは、夜が明けてからだった。かなりひどい雨だ。船が傾いている。浸水した水のせいではなく、前部に積んだ網が流されて、座席の風防にからみついているからだった。右半分に寄ってしまっている。敬二が、それを必死ではずそうとしていた。一時間ほどかかって、ようやくそれははずれた。網を、海に捨てていく。船外機のスクリューにからまないように、安彦は船を少しずつ右に回した。横波が来る。うんざりするほど、網は長かった。

「戻ったな」

全身から雫を滴らせながら、敬二が這ってきた。

「俺が、舵を代わる。おまえ、休めよ」

時々、視界がかすんだようになる。音も遠くなる。船酔いのせいだ、と安彦は言い聞かせ続けた。

腹のガーゼだけ替えた。ガーゼは赤く濡れていて、新しく当てたものも、すぐに赤くなってきた。出血は止まっていない。

「シートを持ってきてあるからよ。それを躰に巻きつけろよ。いくらか、寒さはしのげるはずだ。いいか、安、動かずにじっとしてろよ」

言われた通りにした。シートを巻きつけ、舳先の方を頭にして、横たわった。揺れが、いままでとまったく違うものに感じられてくる。

「よくもったよな」

夜のことを言っているのだろう、と安彦は思った。揺れは、うねりの揺れになっていた。

雨は激しいが、空の端が、はっきりそうとわかるほど明るい。

頬を叩かれた。舵棒から離れて、敬二が顔を覗きこんでいた。

「眠った方がいいのかどうか、わからねえ。酷なようだが、眠るな。はっきり言うが、おま

え の顔色はひどく悪い。眠らない方がいいような気がするんだ」

　水を、少し飲まされた。クラッカーを口に入れてこようとしたが、どうしても食おうという気は起きなかった。

「大丈夫だ。うねりだけになってら」

　小刻みな揺れは、ほとんどなかった。雨が、激しくなっては弱まることをくり返していた。口を開けていた。雨が口の中を濡らす。こうやって湿らせ続けていたら、渇くことはないだろう。

「大丈夫だ、安。俺は、船の扱い方がわかった。バイクと同じさ。バイクってやつは、停ったままじゃ倒れる。前にむかって走れば、倒れねえ。船も同じだ。波があったって、前にむかって走ってりゃ、簡単には倒れねえよ。つまり、沈まねえってことさ」

　目蓋《まぶた》が、落ちてきそうになる。躰はいつまでも暖まらず、芯《しん》まで冷えきっているようだった。不意に、視界が暗くなる。なにも見えなくなる。夜だ、と安彦は思った。空を覆った雲が、しばらくして見えてきた。

「アフリカってのはよ、暑いんだろうな。砂漠なんて、写真を見ただけでも暑そうだもんな」

　声がしていた。

「なんていう国だよ、安。俺たち、なんていう国にむかうんだ。ケニアか、エジプトか？」

「コートジボワール」

「なんだって?」

「象牙《ぞうげ》海岸」

「そうか。聞いたことはあるな。暑いだろうな、そこも」

「赤道の、そばだ」

「俺は考えたんだけどよ。ロシア回っていくと、ずいぶん遠まわりじゃねえかな」

「同じさ。それに」

「それに、なんだよ」

「慌てる旅でもない」

敬二が笑い声をあげた。

揺れが、かなりおさまってきた。雨もやんでいる。砂の霧を、安彦は思い浮かべた。砂が、霧のように宙に漂う。そんなことが、ほんとうにあるのだろうか。

視界が、暗くなっていた。

「ちくしょう」

安彦は声をあげた。

「なにも見えねえぞ、ちくしょう」

「見えやしねえよ。夜が明けるまで、待て」

「夜？」

さっき夜が明けたばかりのような気がする。水が、口の中に流れこんできた。少しだけ飲み、あとは吐き出す。それを、くり返した。

出血は、続いているのだろうか。とすれば、いずれ死ぬ。

「待てよな、おい」

「なんだ。なにか欲しいのか、安？」

「大丈夫だ」

「わかった。俺はいっぱい食ったからよ。躰の中で、食いものを燃やすからよ。それで、俺がおまえを暖める。俺、おまえの分まで食って、躰を熱くする」

敬二にもたれかかるようにして、横たわっていた。静かだ。波が、舷側《げんそく》を打つ音が、はっきりと聞えてくる。

「なぜ、走らねえんだ、敬二？」

「いま、走る」

「いま走るって、おまえ、俺に抱きついてねえで、操縦しろ」

起きあがろうとすると、敬二が躰を押さえてきた。

「船は動いてる。潮流に乗ってるんだろう。エンジンは、かけられねえんだよ、安。もう、燃料がねえんだ」

「そうか」

「心配するな。さっき、でかい船が近くを通った。気づいちゃくれなかったが。また、通ると思う。明るくなれば、むこうも気づいてくれる」

「波は、ねえな」

「ああ、静かになってきた」

「いいか、間違っても日本船なんかに拾われるなよ。できたら、どこかの海岸に着くのがいい。どっちにむかってる」

「北。ちょっと西寄りかな」

「よし。できたら、ロシアのどこかに着くんだ。その方がいい」

「わかってる。それよりおまえ、なにか食えよ」

「いまは、いい」

目蓋が落ちてきた。

こんなところで、死ぬはずはない、と安彦は思った。長い旅が、まだはじまったばかりだ。相棒もいる。

「アフリカだぜ、おい」

「コートジボワールだな。俺、英語が喋れねえよ」

「フランス語だ。そう言ったろう」

「喋れようが喋れまいが、どうにでもなるって気がしてきた。人間、必死になりゃ伝わるもんだろう」

「そうさ」

「二人いりゃ、大抵のことは、どうにかなる。金がなくなりゃ、ギャングやったっていい。銀行なんか襲ってよ」

船は、どちらむきに走っているのだ、と安彦は思った。それから、燃料がもうなくなっている、ということに気づいた。それは、それでいい。燃料など、いつかはなくなる。それでも沈まないで、どこかへ流れているのだ。運は、悪くない。

空が見えた。

夜が明けているようだ。水をくれ、と安彦は言った。声になっていなかったようだ。敬二が、覗きこんでくる。泣いていた。

「水だ」

口の中に、少しずつ水が流れこんできた。吐かずに、安彦はそれを飲んだ。

「泣くんじゃねえよ」

「なんだって？」

「アフリカさ」

「そうだ。アフリカだ。アフリカが、俺たちを待ってら」

生きている。躰がふるえるほど、生きている。くたばってたまるかよ。これからもっと、生きてやる。

空が明るい。どこからか汽笛が聞えているような気がした。

雲が、割れている。そこから、光が射していた。

アフリカの光だ、と安彦は思った。

解説

新保博久

辞書をひくと、〝初老〟とは四十歳のことなのだそうである。同じ伝で五十歳が〝知命〟であるように、これは人生五十年の時代の呼称だ。今や〝古稀〟七十歳なんてちっとも稀《まれ》ではないのだが。

さて、本書『行きどまり』が徳間書店から書下し刊行されたのは一九九四年十二月だから、四七年生れの北方謙三にとっては四十七歳の時の作品ということになる。〝初老〟に入ってかなり経っているといえるわけだが、この青春ピカレスクの筆致は初期に劣らず瑞々《みずみず》しい。そう、単行本デビュー二冊目『逃がれの街』（一九八二年）などと比べてみても、小説づくりが老巧になったというだけで、閉塞された若さが脱出孔を求めて炸裂する酸味のきいた爽快さ痛快さは、作者の実年齢を忘れさせるほど全く違和感がない。

これは、単行本デビュー当時から作者の変遷を追ってきた読者――はみんな〝初老〟を越えてしまったのだが――には格別驚くことではない。しかし、あとから来た新しい読者にはどう見えるのか。最初の単行本からすでに四半世紀近く、作品の読まれ方も変ってきているようだ。

北方謙三といえば、かつては男性ファンからの支持が圧倒的な作家だった。

「僕の女性読者って極端に少ないんです。九十五対五というぐらいで、すさまじいほど男性読者ばっかりなんです。（中略）……女性の読者が五％しかいませんと言われて、ショックでしたね。これはもう単なる読者カードの集計に過ぎないと、突っぱねたんですよ。でもサイン会をやりましたら、見事なぐらいにその数字が一致してるんです。二十人に一人ぐらいの女性」（連城三紀彦・関口苑生との鼎談「男のセンチメンタリズム」、『新刊ニュース』八五年二月号）

これが昔語りになったのは、いつごろからなのか。女性人気の発火点となったのは、ブラディ・ドール・シリーズ――『さらば、荒野』（八三年）を発端篇として『碑銘』（八六年）以降、漢字二字タイトルの八作を挟んで『ふたたびの、荒野』（九二年）に至る、酒場ブラディ・ドールを訪れる男たちの物語全十作（しかし二〇〇〇年の『されど君は微笑む』を見ればまだ完全に終ったわけではない）――であったらしい。それも十作目まで文庫化されて五年以上も経った九〇年代の終りごろから、若い女性読者を中心に新たに〝発見〟されたものだ。

「時代性を表に出した小説というのを、オレは書いてない。十年たって読んでも、二十年たって読んでも売れるだろうと思うものを書いてる」（北方謙三監修『男たちの荒野《まち》――ブラディ・ドール読本』二〇〇一年、角川文庫）というのが、はからずも実証された形である。

あるいは現在の読者にとっては、北方謙三は『三国志』（一九九六～九八年）や『水滸伝』（二〇〇〇年～現在）の作者であるかも知れない。文学事典ふうに近年の業績をたどるなら、『武王の門』（八九年）から時代小説にも進出、『破軍の星』（九〇年）で柴田錬三郎賞、『楊家将』（二〇〇三年）で吉川英治文学賞となって、時代小説家と規定されもしかねない。

「歴史小説を書きはじめてみると、書きたいテーマが歴史のなかにたくさんあって、あれも書きたい、これも書きたいと頭のなかに山積みになった。そのなかで、どうしても直面するのが皇国史観。ところが、これをやるとあらぬところから誤解を受けたりする。もっと自由に皇国史観で物語を書けないかと、あちこち見渡しているうちに見えてきたのが『三国志』だった」（『風待ちの港で』一九九九年、ホーム社発行・集英社発売）

本書『行きどまり』は、南北朝物から始めた時代小説を、さらに材を江戸時代へと拡げてから、そして『三国志』へと進展するまでの過渡期の所産であり、その間も初期以来、並行して書き続けてきた現代ハードボイルド物である。時代、舞台の差異、あるいは主人公が若者か中年か、はたまた〝初老〟かというように意匠を変えることはあっても、中核にあるのは北方ハードボイルド小説としか呼ぶしかないのだが、『行きどまり』などはそれが直截《ちょくせつ》に読みとりやすい一篇にほかならない。

　ここで北方ハードボイルドとは何か、改めて確認しておかなければならない。というのは、アメリカで本来いうハードボイルドが、ヘミングウェイの文体から影響を受けつつも、基本的には娯楽小説雑誌『ブラック・マスク』を母体とし、ダシール・ハメットを始祖としてレイモンド・チャンドラーらに引き継がれる私立探偵を主人公とする小説、ないしは犯罪小説であるのに対し、北方ハードボイルドはそうした系譜とは直接関係なく編み出されたものだからだ。それ以前、一九六〇年代前後に日本のハードボイルドは米国産のそれを継ぐべく、大藪春彦、河野典生、生島治郎、結城昌治らによって試みられ、相応の収穫を収めながら、日本に根づくことはなかった。個々の作家は人気を博しても、全体を一つのジャンルとして受け容れられるほど日本の社会風土がアメリカ的になっていなかったせいもあるだろう。国産ハードボイルドの定着は、海外物の移植といった試行とは無縁の北方謙三をもって嚆矢《こうし》とするのである。

　それは、ハードボイルド嫌いの作家・恩田陸が『木曜組曲』（九九年、徳間書店）の登場人物の口を通じて戯画的に要約しているのが、一面、正鵠《せいこく》を射ていないでもない。

「昔大きな組織から足を洗った、一匹狼の男がいます。腕っぷしは強いけどもう暴力は嫌いです。酒や銃や釣りなど、蘊蓄《うんちく》を垂れます。ある日、……男の家族や友人が巻き込まれてしまったので、やむにやまれず事件にかかわります。昔の女がでてきます。ドンパチやって事件の黒幕に迫ります。あと一歩というところで昔の女か友人が男を裏切っていたことが分かります。結局みんな死にます。男もいっぱい殺します。虚しいです。男はまたいつもの生活に戻ります。どうだ」

この大胆な割り切りには、ハードボイルド・ファンも微苦笑を浮べざるを得ないが、こうした物語を一つの規範にまで昇華させたのが北方謙三にほかならない。しかし、煎じ詰めれば、これと大同小異の国産ハードボイルドが多いとしても、大切なのはパターン部分でなく細部であり、文章であることは言うまでもない。

ただ、パターンそのものは真似やすいのは事実だ。私も公募新人賞の予選に携わっていて、しばしばお目にかかる。ある年ぶつかった応募原稿は、北方ハードボイルドの模倣という限りでは一応にまとまっていて、普通なら一次予選ぐらいには通してもいい作品だったが、「私はカラオケに興じる人間の気が知れない」といった一行のために落とすことに決めた。確かにハードボイルド・ヒーローがカラオケ好きでは、さまにならないだろうが、それを直接口にしてはならない。この主人公は、渓流釣りだったかを趣味としていて、「薀蓄を垂れ」るのだが、それだって関心のない者には「渓流釣りに興じる人間の気が知れない」というものだろう。そうした独善ぶりが、ハードボイルドの精神には反するように思われた。

「小説は天帝に捧げる果物、一行でも腐っていてはならない」という中井英夫の言葉に同感するものだが、北方謙三の場合、天帝うんぬんといったのとは別なアプローチから、しかし同様の結論に達しているのではないか。北方流アプローチとは、文章から贅肉を削ぎ落とすという小説作法である。

小説修業時代、的確な一語を見つけるため二日も三日も浪費したという。「美しい色」と表現してみて意に染まず、「きれいな色」と直してみてもまだ落ち着かなくて、ようやく「いい色」で探し求めていた言葉を見つけたりしたそうだ。「美しい」は客観的な言葉だが、「いい」は完全に主観である。「その主観的な言葉を遣ってなお、普遍性を持たせられるか」、「そういう言葉の的確さを、私は吉行淳之介の作品から、学ぶことが多かった」（「行間」、日本推理作家協会編『推理作家になりたくて②／影』二〇〇三年、文藝春秋）らしい。そして同書では自選作品として、あえて主観をいっさい排して客観描写だけで主人公の肖像を浮き彫りしようとした連作『棒の哀しみ』（一九九〇年）の前半（後半から主人公の一人称となる）の一篇、「砂時計」を選んでいる。

（ちなみに、この『棒の哀しみ』は二〇〇三年〝Ashes〟と題してアメリカで出版された。最近、桐野夏生の『ＯＵＴ』の英語訳がアメリカ探偵作家クラブ賞にノミネートされたほどには話題にならなかったようだが、独自に開花した和製ハードボイルドが本場へ逆輸出されたのは大いに欣快《きんかい》とすべきだ）

この贅肉を削ぎ落とした文体が、結果的にダシール・ハメットを彷彿《ほうふつ》させ、北方作品はハードボイルドとして日本では認知された（同じハードボイルドでも、チャンドラーやロス・マクドナルドは饒舌《じょうぜつ》だが）。それは多くの模倣を生み出し、同時にジャンルとしての国産ハードボイルドの確立を促したわけだが、開拓者としての北方謙三の存在はやはり屹立《きつりつ》している。

『行きどまり』が二十歳すぎの法学生・新井安彦の視点にあくまで寄り添いながら、〝初老〟どころか〝知命〟も過ぎた私にとっても一種郷愁をもって（暴力にも縁がなかったのだが）共感させるのは、余計な心理描写を抑えた文体の距離感が働いているからだろう。初期北方作品では、主人公とは別に、もはや自身は暴れられないで主人公を見守る老いぼれ犬こと高樹警部の存在を、反射鏡として必要としたのだが（高樹を創造する以前の『逃がれの街』では黒木刑事を）、ここでは文章そのものが共感装置となって機能する域に達している。やくざではないがそれだけになおさら摑《つか》みどころのないアウトロー久野と関わったため、袋小路に追いつめられる安彦に、待ち受けるのは本当に行きどまりなのか。それは読んでのお楽しみだが、少なくとも作家北方謙三にとって行きどまりはないようだ。

——というような小むずかしい理屈はさておいて、〝初老〟を過ぎたような読者にとっても、本書が失われた青春に回帰させ、元気を出させる一冊であることは間違いない。

本作品は、一九九八年一月徳間文庫より刊行されました。

|著者|北方謙三　1947年佐賀県唐津市生まれ。中央大学法学部卒。'70年「明るい街」でデビュー。'81年『弔鐘はるかなり』でハードボイルド小説に新境地を開く。'83年『眠りなき夜』で日本冒険小説協会大賞、吉川英治文学新人賞、'85年『渇きの街』で日本推理作家協会賞を受賞。'89年『武王の門』で歴史小説に挑み、'91年『破軍の星』で柴田錬三郎賞、さらに近年は『三国志』『水滸伝』など中国小説での活躍も目覚ましく、2004年『楊家将』(PHP研究所) で吉川英治文学賞に輝いた。近著に『鬼哭の剣』(新潮社)、『煤煙』(講談社)、『杖下に死す』(文藝春秋) などがある。

行《ゆ》きどまり
北方謙三《きたかたけんぞう》

2004年7月15日第1刷発行

講談社文庫
定価はカバーに
表示してあります

発行者——野間佐和子
発行所——株式会社　講談社
東京都文京区音羽2-12-21　〒112-8001
電話　出版部　(03)　5395-3510
　　　販売部　(03)　5395-5817
　　　業務部　(03)　5395-3615

デザイン—菊地信義
製版———豊国印刷株式会社
印刷———豊国印刷株式会社
製本———有限会社中澤製本所

Printed in Japan

落丁本・乱丁本は購入書店名を明記のうえ、小社書籍業務部あてにお送りください。送料は小社負担にてお取替えします。なお、この本の内容についてのお問い合わせは文庫出版部あてにお願いいたします。

ISBN4-06-274836-3

講談社文庫刊行の辞

二十一世紀の到来を目睫に望みながら、われわれはいま、人類史上かつて例を見ない巨大な転換期をむかえようとしている。

世界も、日本も、激動の予兆に対する期待とおののきを内に蔵して、未知の時代に歩み入ろうとしている。このときにあたり、創業の人野間清治の「ナショナル・エデュケイター」への志を現代に甦らせようと意図して、われわれはここに古今の文芸作品はいうまでもなく、ひろく人文・社会・自然の諸科学から東西の名著を網羅する、新しい綜合文庫の発刊を決意した。

激動の転換期はまた断絶の時代である。われわれは戦後二十五年間の出版文化のありかたへの深い反省をこめて、この断絶の時代にあえて人間的な持続を求めようとする。いたずらに浮薄な商業主義のあだ花を追い求めることなく、長期にわたって良書に生命をあたえようとつとめるところにしか、今後の出版文化の真の繁栄はあり得ないと信じるからである。

同時にわれわれはこの綜合文庫の刊行を通じて、人文・社会・自然の諸科学が、結局人間の学にほかならないことを立証しようと願っている。かつて知識とは、「汝自身を知る」ことにつきていた。現代社会の瑣末な情報の氾濫のなかから、力強い知識の源泉を掘り起し、技術文明のただなかに、生きた人間の姿を復活させること。それこそわれわれの切なる希求である。

われわれは権威に盲従せず、俗流に媚びることなく、渾然一体となって日本の「草の根」をかたちづくる若く新しい世代の人々に、心をこめてこの新しい綜合文庫をおくり届けたい。それは知識の泉であるとともに感受性のふるさとであり、もっとも有機的に組織され、社会に開かれた万人のための大学をめざしている。大方の支援と協力を衷心より切望してやまない。

一九七一年七月

野間省一

高橋たか子
怒りの子
自分を摑もうとして空転を重ねる美央子。彼女を取り巻く初子とますみ。京都の町家を舞台に、三人の女性の緊迫した心理の劇とその破局を描いた読売文学賞受賞作。

上田三四二
花衣
死の影の一閃で華やぎの極点で頽《くずお》れる恋。潮が差せば海に没する砂嘴の如き夢幻の恋。歌人にして作家の著者が磨き抜かれた言葉の粋で極限のエロスを描く連作集。

斎藤茂吉
念珠集
滞欧中に実父の死を知らされた茂吉が帰国後父親に纏わる様々を念珠の玉のように書き連ね、亡父を懐かしむという意向の表題作など三十五篇を収める第一随筆集。

神崎京介　イントロ　もっとやさしく
神崎京介　愛　技
神崎京介　無垢の狂気を喚び起こせ
加納朋子　ガラスの麒麟
勝谷誠彦　いつか旅するひとへ
河原まり子 利岡裕子　犬から学ぶ心のレッスン
川上信定　本当にうまい朝めしの素《もと》
金城一紀　GO
かなざわいっせい　ファイト！〈麗しの名馬、愛しの馬券〉
鴨志田穣 西原理恵子　アジアパー伝
角岡伸彦　被差別部落の青春
角田光代　まどろむ夜のUFO
川井龍介　122対0の青春〈深浦高校野球部物語〉
金田一春彦 安西愛子 編　日本の唱歌 全三冊
岸本英夫　死を見つめる心〈ガンとたたかった十年間〉
北方謙三　君に訣別の時を
北方謙三　われらが時の輝き
北方謙三　夜の終り
北方謙三　帰路

北方謙三　火焔樹
北方謙三　秋ホテル
北方謙三　遠い港
北方謙三　錆びた浮標《ブイ》
北方謙三　汚名の広場
北方謙三　活路
北方謙三　余燼(上)(下)
北方謙三　夜の眼
北方謙三　逆光の女
菊地秀行　鬼花人〈ブルー・マン5〉
菊地秀行　魔界医師メフィスト〈黄泉姫《よみひめ》〉
菊地秀行　魔界医師メフィスト〈影斬士《えいざんし》〉
菊地秀行　魔界医師メフィスト〈海妖美姫《かいようびき》〉
菊地秀行　魔界医師メフィスト〈夢盗人《ゆめぬすびと》〉
菊地秀行　魔界医師メフィスト〈怪屋敷〉
菊地秀行　懐かしいあなたへ
北原亞以子　深川澪通り木戸番小屋
北原亞以子　深川澪通り燈ともし頃
北原亞以子　新地橋〈深川澪通り木戸番小屋〉

北原亞以子　降りしきる
北原亞以子　風よ聞け〈雲の巻〉
北原亞以子　贋作天保六花撰《うそばっかりえどのはなし》
北原亞以子　花冷え
岸本葉子　旅はお肌の曲がり角
岸本葉子　三十過ぎたら楽しくなった！
岸本葉子　炊飯器とキーボード〈エッセイストの12ヵ月〉
岸本葉子　家《うち》もいいけど旅も好き
岸本葉子　四十になるって、どんなこと？
岸本葉子　本がなくても生きてはいける
桐野夏生　顔に降りかかる雨
桐野夏生　天使に見捨てられた夜
桐野夏生　OUT《アウト》(上)(下)
桐野夏生　ローズガーデン
京極夏彦　文庫版 姑獲鳥《うぶめ》の夏
京極夏彦　文庫版 魍魎《もうりょう》の匣《はこ》
京極夏彦　文庫版 狂骨《きょうこつ》の夢《ゆめ》
京極夏彦　文庫版 鉄鼠《てっそ》の檻《おり》
京極夏彦　文庫版 絡新婦《じょろうぐも》の理《ことわり》

京極夏彦　文庫版 塗仏《ぬりぼとけ》の宴—宴《うたげ》の支度
京極夏彦　文庫版 塗仏の宴—宴の始末
北森　鴻　狐　罠
北森　鴻　メビウス・レター
北森　鴻　花の下にて春死なむ
北上秋彦　クラッシュ・ゲーム
キム・ミョンガン　恋愛の基礎
北村　薫　盤上の敵
岸　惠子　30年の物語
木村　剛　小説ペイオフ〈通貨が堕落するとき〉
霧舎　巧　ドッペルゲンガー宮〈《あかずの扉》研究会流氷館〉
霧舎　巧　カレイドスコープ島〈《あかずの扉》研究会竹取島〉
黒岩重吾　古代史への旅
黒岩重吾　天風の彩王(上)(下)〈藤原不比等〉
黒岩重吾　訣別の時
黒岩重吾　雨《う》毒《どく》
黒岩重吾　中大兄皇子伝(上)(下)
栗本　薫　優しい密室
栗本　薫　鬼面の研究

栗本　薫　伊集院大介の冒険
栗本　薫　伊集院大介の私生活
栗本　薫　真・天狼星ゾディアック全六冊
栗本　薫　伊集院大介の新冒険
栗本　薫　仮面舞踏会〈伊集院大介の帰還〉
栗本　薫　怒りをこめてふりかえれ
栗本　薫　タナトス・ゲーム〈伊集院大介の世紀末〉
栗本　薫　青の時代〈伊集院大介の薔薇〉
栗本　薫　早春の少年〈伊集院大介の誕生〉
黒柳徹子　窓ぎわのトットちゃん
久保博司　日本の警察〈警視庁vs大阪府警〉
久保博司　日本の検察
黒川博行　燻り
黒川博行　てとろどときしん〈大阪府警・捜査一課事件報告書〉
黒川博行　国境
蔵前仁一　旅人たちのピーコート
蔵前仁一　インドは今日も雨だった
久世光彦　触れもせで〈向田邦子との二十年〉
久世光彦　夢あたたかき〈向田邦子との二十年〉

黒田福美　ソウルマイハート
黒田福美　ソウルマイハート　背伸び日記
黒田福美　ソウルマイデイズ
熊谷真菜　たこやき〈大阪発おいしい粉物大研究〉
倉知　淳　星降り山荘の殺人
鍬本實敏　警視庁刑事〈私の仕事と人生〉
栗原美和子　せ・き・ら・ら〈生意気プロデューサーの告白〉
けらえいこ／ハヤセクニコ　おきらくミセスの婦人くらぶ～
けらえいこ　セキララ結婚生活
今野　敏　ST警視庁科学特捜班
今野　敏　ST警視庁科学特捜班〈毒物殺人〉
今野　敏　ST警視庁科学特捜班〈黒いモスクワ〉
小杉健治　失跡
小杉健治　境界殺人
小杉健治　奈落〈上州無宿半次郎逃亡記〉
小杉健治　灰の男
後藤正治　スカウト
後藤正治　奪われぬもの
幸田　文　崩れ

2004年6月15日現在